네,

수영 못합니다

네, 수영
못합니다

물이 무서워 수영을 못하는
남자의 포복절도 수영 입문기

다카하시 히데미네 지음
허하나 옮김

폭스코너

수영을 못하는
사람들에게 바칩니다.

차례

1

물이 무서워서

견딜 수 없다

바다, 호수, 강 그리고 연못….

물이 가득 차 있는 장면을 눈앞에 두면 나는 발이 얼어붙는다.

멈춰 있으면서도 일렁일렁 흔들리는 그 모습이 무섭다. 지진이 난 것도 아닌데 일렁거리다니 정상이 아니다. 바람에 흔들리는 건가 싶기도 하지만, 바람이 그쳐도 흔들리고 있다. 그렇다면 왜 일렁거리는 걸까, 하고 가만히 쳐다보다 보면, 나까지 일렁일렁 흔들리는 기분이다. 내가 안 볼 때도 계속 일렁이고 있다고 생각하면, 그 한결같음이 좀 소름 끼친다. 컵이나 세면기 혹은 욕조에 담긴 정도라면 물은 단순한 물체에 지나지 않지만, 그 이상으로 양이 늘어나면 거대한 생물처럼 보인다. 조용히 무언가를 기다리고 있는 것 같기도 하고, 아무렇지도 않게 인간을 집어삼켜버릴 것 같기도 하다.

예전에 가나가와현 산골짜기에 있는 미야가세 댐을 전망대에서 견학했을 때도, 거대한 콘크리트 밑에서 물이 일렁이는 모습을 보고 나는 정신을 잃을 뻔했다. 댐이야말로 "물이 한가득 차 있다"라는 말을 하기 위해 건설된 곳이기 때문이다.

수영장은 작은 댐이다. 작지만 일렁이고 있다. 댐에 뛰어드는 사람은 거의 없겠지만, 수영장은 사람이 들어가기 위해 준비된 물이고, 실제로 사람들이 신나서 뛰어든다. 무슨 생각을 하는지는 알 수 없지만, 나로서는 "목숨 아까운 줄 모른다"라는 말밖에 나오지 않는다.

어렸을 때부터 나는 수영장이 무서워서 견딜 수 없었다. 여름이 다가와서 "수영장 개장"이라는 말을 들으면, 거대한 입이 쩍 벌어지는 모습을 상상했다. 머릿속은 수영장 생각으로 가득 찼고, 온몸이 뻣뻣하게 굳은 채 고민에 빠졌다. 수영 수업까지 앞으로 몇 시간이 남았는지 온종일 계산했다. 여름이라고는 하지만, 그 차가운 물에 발만 담가도 심장이 경련을 일으킨 듯 온몸이 움찔거렸고, 가슴까지 몸을 담그면 완전히 숨이 막혀서 물에 집어삼켜진 듯한 상태가 됐다.

수영 수업이 있는 날 아침에는 반드시 '기우제'를 지냈다. 아무리 화창한 날이라도 베란다에 서서 건넛집 현관을 가만히 응시했다. 그러고 있으면 점차 빗방울 같은 게 툭툭 떨어지는 것처럼 보였다. 지금 생각해보면 일종의 환각인데, 그 당시는 보일 때까지 몇 시간이고 베란다에 서 있었다. 어머니는 당연히 그런 나를 걱정했고, 병원에 데려가서 뇌파 검사까지 받게 했다.

그러던 중 나는 정말로 수영장에서 물에 빠졌다. 초등학교 4학년 여름, 친척 아저씨와 이웃 아주머니들의 손에 이끌려 시내 수영장에 갔을 때였다. 그곳에서 난 발이 닿지 않는 성인 풀의 가운데 있는 작은 섬에 튜브로 옮겨졌는데, 어른들은 내가 궁지에 몰리면 헤엄칠 거라고 생각했던 모양이다.

수영할 수 있는 사람들은 종종 "어렸을 때 물에 강제로 빠트려지는 바람에 수영할 수 있게 됐다"라고 하면서 마치 절벽에서 새끼를 떨어뜨리는 사자 같은 소리를 하는데, 이건 좀 의심스럽다. 예를 들면, 내가 아는 어떤 의사는 부모님이 작은 배를 타고 바다 멀리까지 데려가서 그

1 물이 무서워서 견딜 수 없다

대로 물에 빠트렸다고 한다. 그는 수영할 수 있게 되기는 커녕 "이 살인마들!"이라고 절규하면서 물에 빠졌고, 이후 평생 수영을 못하는 사람이 되고 말았다. 또 어떤 회사원도 초등학교 수영 수업 때 선생님이 "모두 물에서 나오고, 너, 넌 혼자서 헤엄쳐봐"라고 혼내는 통에 주위 학생들의 비웃음을 받았으며, 그 후로 두 번 다시 수영을 할 수 없게 되었다. 수영을 못하는 사람들은 '궁지에 몰려서 수영을 못하게 되었다'는 말이다.

성인 풀의 작은 섬에 옮겨졌던 나는, 사람은 원래 누구나 다 헤엄칠 수 있다는 친척 아저씨의 말만 믿고, 용기를 쥐어짜낸 뒤 성인 풀에 발부터 집어넣었다. 그리고 '어, 발이…'라고 생각하자마자 그대로 물에 집어삼켜졌고, 구급차로 병원에 실려 갔다. 기묘하게도 물에 빠졌는데 의식을 잃지도 않았고, 물을 마시지도 않았다.

공포를 체험하면 '플래시백 효과'가 있어서 상세한 부분까지 사진처럼 기억에 남는다고 한다. 물에 빠지던 순간, 아주머니의 수영복이 갈색이고 그 밑에 하나 더 흰색 속옷 같은 것을 입고 있었는데, 그게 가슴팍에서 선명하게 삐져나와 있었다. 왜 두 개나 입었을까, 의문을 품으면서 내가 거기에 매달리려고 했던 정경을 분명하게 기억한다. 생명의 위험을 느낄 정도의 무서웠던 체험으로 인해 수영을 못하게 된다는 의견도 있겠지만, 나는 애초부터 수영을 못하는 사람이었기 때문에, 궁지에 몰려서 '수영을 못한다'는 사실을 재확인했다고 하는 편이 맞을 것이다.

내가 거짓말하는 법을 배운 것도 수영장 때문이다.

"까먹고 수영복을 안 가져왔어요"와 "까먹고 수영모를 안 가져왔어요"를 반복했는데, 두 가지 패턴뿐이면 거짓말이 들통날 수 있으니까 가끔 "몸이 안 좋아서요"를 끼워 넣었다. 풀에 들어갈 생각을 하면 정말로 속이 안 좋아졌으니, 정확하게 말하면 거짓말은 아니다. 준비물도 '일부러' 안 가지고 가기는 했지만, 진짜 '안 가져온 것'이지, 가져왔으면서 '안 가져왔다'라고 거짓말하지는 않았다. 하지만 그래 봤자 '일부러'다. 좀 더 자연스럽게 까먹어야 하는데. 등교하기 전, 나는 수영복을 손에 쥐고 그렇게 자문자답했다. 오늘날의 내 자아는 이런 과정을 거쳐 형성되었다고 할 수 있을 것이다.

사람들이 거짓말한다는 사실을 알게 된 곳도 수영장이다.

1 물이 무서워서 견딜 수 없다

중학교 시절, 여름방학이 끝나면 수영대회가 열렸다. 대회의 메인 경기는 반 대항 릴레이였는데, 무슨 영문인지 수영을 1도 못하는 내가 마지막 주자를 맡게 되었다. 아마 학급위원이라 그랬던 것 같다. 선수로 뽑힌 나는 창백하게 질렸고, 용기 내어 릴레이 주자로 뽑힌 다른 친구들에게 "사실 나 수영 못해"라고 고백했다. 그러자 친구들은 입을 모아 "사실은 나도 못해", "나도 수영 못하는데"라며 안타깝다는 듯이 말했다. 뭐야, 다들 못하는구나, 하고 나는 안심했고, 그 때문인지 몰라도 왠지 수영할 수 있을 것 같은 마음이 들어서 방학 기간 동안에도 수영장에 가서 연습하지 않고 멍하니 시간을 보냈다. 그런데 대회 당일, 친구들은 엄청난 기세로 수영장을 헤엄치더니 마지막 주자인 내게 일등으로 순서를 넘겨줬다. 나는 망연자실했다. 그리고 어쩔 수 없이 그대로 물속을 50미터나 걸었다. 결국, 모두 나를 앞질러 나가서 경기는 나의 단독 보행으로 진행되었는데, 골인 지점에 도착하자 선생님의 주도하에 온 대회장에서 박수가 터져 나왔다. "대회는 참가하는 데 의의가 있다." 뜻밖에 올림픽 정신을 구현해버린 나는, 그 후 내내 선생님들의 입에 오르

내렸고, 동급생들에게는 수영을 해야 하는데 육상을 했다고 줄곧 비웃음당하는 처지가 되었다. 수영할 수 있는 사람의 마음도 모르겠지만, "수영을 못한다"라고 고백하는 사람도 믿을 수 없다. 사람들의 "할 수 있다", "못한다"라는 말에는 반드시 내막이 있다는 사실을 깨닫게 된 것이다.

어찌 되었든 학교 교육을 마치고, 나는 완전히 수영장에서 해방되었다. 더 이상 주위에 수영장은 없다. 내가 먼저 다가가지 않는 한 평생 맘 편히 살아갈 수 있다. 실제로 수영을 못해도 일상생활에는 아무 지장이 없었다.

그렇다면 어째서 나는 지금 이곳에 있는 걸까?

요코하마 국제 수영장의 메인 풀(50미터) 거의 한가운데 나는 서 있다. 그 유명한 이안 소프가 세계기록을 차례차례 갈아치운 레인이다. 마흔 살을 넘기면서 '수영하고 싶다'라고 결심한 것일 수도 있는데, 물에 들어오니 그러한 경위도 잘 기억나지 않는다.

반대편까지 아직 25미터는 남았다. 여기까지는 물속을 걸어왔다. 이 앞도 걸을 수밖에 없다. 어쨌거나 수영을 못

1 물이 무서워서 견딜 수 없다

하니까.

역시 오지 말걸, 하고 나는 생각했다.

물은 속까지 일렁거린다. 표면은 찰랑찰랑하는데, 발 근처는 젤리처럼 단단하다. 걸으려고 하면 다리 앞에서 물이 구무럭구무럭 좌우로 갈라져서 기분 나쁘다. 물을 가 득 채우니까 수압 때문에 이런 현상이 일어나는 것이다.

요코하마 국제 수영장에는 이 메인 풀 외에 작은 서브 풀(25미터)이 두 개 있다. 거의 이십 년 만에 수영장을 방 문한 나는, 처음에는 그쪽으로 갔다. 물은 적을수록 좋기 때문이다.

한 곳은 아이들로 가득 차서 도저히 어른이 헤엄칠 만 한 환경이 아니었다. 또 다른 풀은 크기도 작고 사람이 거 의 없어서 초심자인 내게 딱 좋았다. 물색이 유달리 진한 게 신경 쓰였지만, 일단은 빨리 몸을 물에 적응시키려고 두 다리 모두 쑥 집어넣었다. 그리고 '어?'라고 생각하자 마자 발이 닿지 않아서 그대로 물에 집어삼켜졌다. 수심 이 2.5미터나 되는 풀이었던 것이다. 물속에서 한바탕 난 리 블루스를 치면서 코스 로프를 붙잡고 방금 들어왔던 풀 사이드에 매달리려고 했지만, 의외로 높아서 손이 닿지 않는 탓에 어쩔 수 없이 풀 벽의 요철 부분에 스파이더맨처럼 달라붙었더니 손톱이 빠질 지경이었다. 풀 가운데면 몰라도 풀 사이드에서 입수하자마자 물에 빠지는 사람은 드문 모양인지, 안전요원의 눈도 닿지 않았다.

이 나이쯤 되면, 당혹감과 동시에 창피함이 몰려와서 묘한 감정 상태가 된다. 코스 로프에 매달린 채 잠시 물속에서 마음을 정리한 뒤, 나는 아무 일도 없었다는 듯한 표정으로 아이들이 있는 풀로 이동했다. 이쪽은 수심 1미터. 나 혼자 위로 쑥 튀어나와 있으니, 남들뿐만 아니라 나 자신도 이곳에 왜 있는가 하는 질문을 던지게 된다. 무릎을 꿇었더니 높이는 줄었지만, 그렇게 하면 수영을 못하니까 달리 할 일이 없어서 어깨에 물을 끼얹어보았다. 마치 목욕할 때 같아서, 가만히 있으니 온수의 온도가 신경 쓰였다. 이럴 바에는 온천에 들어가는 편이 낫겠다.

나는 대체 뭘 하러 온 걸까?

집에 갈까 싶었지만, 이대로 가기에는 입장료가 아깝다는 생각에 '물이 가득 찬' 50미터 메인 풀로 옮긴 것이다.

멈춰 선 내 바로 옆을 수영할 수 있는 사람이 스쳐 지나간다. 그 물살에 나는 흔들렸다.

1 물이 무서워서 견딜 수 없다

자유형이다. 숨 쉬는 동작을 하면서 나를 힐끔 봤다. 아니, 보지 않았다. 나를 무시하는 게 분명하다.

사람을 앞질러 갈 때는 "실례합니다"라는 말 한 마디쯤은 해도 좋을 텐데. 나는 제대로 말한다. 풀 사이드에서, "먼저 가세요"라고. 사실은 이 수영장에 있는 모두에게 잘 부탁한다고 인사하고 싶다. 하지만 내가 먼저 다가가는데도, 수영할 수 있는 사람들은 내가 양보했을 때조차 고맙다는 말 한 마디를 하지 않는다. 그뿐만 아니라, 나를 앞질러 나갈 때면 마치 소리 지르는 듯한 표정으로 호흡 동작을 한다. 본인만 좋으면 그걸로 됐다고 생각하는 것이다. 수영할 수 있는 사람들은 인간으로서 무언가가 결여되어 있다.

"진짜 짜증 나죠. 주변이 안 보이나 봐요."

나와 거의 동년배인 기무라 씨가 화난 말투로 동의해주었다.

기무라 씨는 수영을 못하지는 않는다. 자유형은 못하고, 머리를 들고 하는 평영이 전문인데, 심지어 상당히 느리다. 걷는 것과는 달리 양팔로 코스를 가리게 되니까, 오히려 나보다 민폐다.

―저 사람들은 예의를 모르는 걸까요?

"그러니까요. 정말 실례예요."

―그렇군요.

"뒤에서 막 몰아붙여도 나는 절대로 안 비켜줘요. 지면 안 된다고요."

뭐에 진다는 건지 모르겠지만, 마음은 알겠다. 사각의 풀을 세로로 나눠둔 레인은 구조적으로 느린 사람이 뒤처진다. 즉 '경쟁'인 것이다. 기무라 씨의 말을 빌리자면 "약육강식"의 세계다.

"'수영장'이라는 한 단어로 간단하게 표현하지만요, 제각각 문화가 있어요. 예를 들면, 도쿄 체육관 지하 수영장. 여기는 정말 필사적으로 헤엄치는 수영장이에요. 팽팽하게 긴장된 분위기라서 우리가 있을 곳은 없어요. 호텔 같은 데의 수영장은 커플이 중심인데, 여기는 수영복을 자랑하기 위한 곳이에요. 수영하는 사람이 아무도 없으니까 좋다고 열심히 헤엄치면, 오히려 무시당해요."

기무라 씨는 물이 아니라 사람들의 시선 속에서 헤엄치고 있다는 느낌이 들었다.

문화 면에서 보면, 요코하마 국제 수영장의 메인 풀은

1 물이 무서워서 견딜 수 없다

미술관처럼 정적인 수영장이다. 누구 하나 말하는 사람이 없고, 이상하리만치 정적에 잠겨 있다. 그 때문에 타인의 시선과 물의 일렁임이 한층 더 눈에 띈다.

—기본적으로 수영할 수 있는 사람들은 냉정한 편인가요?

내가 말하자, 기무라 씨가 신나게 고개를 끄덕였다.

"맞아요. 그놈들은 눈매도 나쁘다니까요. 뭔가 치켜올라갔어요."

단순히 수경을 썼기 때문이 아닐까 싶었지만, 말하려는 바는 이해할 수 있었다. 그들은 우리를 무시하고 있다. 다 큰 어른이 수영도 못한다고. 참고로 기무라 씨는 자녀가 셋 있다. 어렸을 때부터 수영 교실에 다녀서, 자유형은 물론이고 접영까지 가능하다. 우리와는 달리 '온수 속의 화초'처럼 자랐는데, 부모의 체면을 지키기 위해서라도 기무라 씨는 수영할 수 있다고 우겨야 하는 상황이다.

그렇지만 일방적으로 단정 지으면 안 되니, 수영할 수 있는 사람에게도 이야기를 들어보았다.

"저는 대화하러 수영장에 온 게 아닙니다."

사십 대 초반인 우루시바라 씨는 육지에 올라와서도

쿨한 모습이었다.

"일로 바쁜 와중에 잠시 틈을 내서, 오늘은 삼십 분에 1킬로미터 수영하겠다고 정하고 온 겁니다. 유산소운동이니까 중간에 쉬면 소용이 없어요. 분명히 말해서, 느린 사람이 있으면 방해가 됩니다."

—그러면 느린 사람은 어떻게 해야 하죠?

"그런 레인에서 수영하면 됩니다. 새로 온 사람은 이런 규칙을 잘 몰라서 곤란하다니까요."

수영장에 '느린 사람 전용'이라는 레인 표시는 없다. 레인을 둘러보고 느린 사람이 헤엄치는 레인을 찾아서 거기에 모이라는 말이다. 그러고 보니 레인에는 일종의 서식지 구분 같은 것이 있다. 그날 가장 먼저 온 느린 사람을 기준으로 그 레인은 '느린 사람용'이 되는 것이다.

"먼저 가세요."

내가 가장자리에서 꼼짝하지 않고 있으니, 우에하라 씨가 말을 걸었다. 우에하라 씨는 오십 대 전업주부다. 수영할 수 있는 사람 중에는 이렇게 친절한 사람도 있다. 느린 사람 코스에는 나와 우에하라 씨밖에 없다.

　　　　　　　　1 물이 무서워서 견딜 수 없다

―아닙니다, 먼저 가세요.

나는 사양했다.

"먼저 가라니까요. 나는 지쳤으니까."

우에하라 씨의 말투가 바뀌었다. 우에하라 씨는 수영 속도가 느리지만, 하루에 5킬로미터를 헤엄친다고 한다.

―아니, 저도 지쳤는데….

"남자는 빠르니까 먼저 가요."

이 사람은 내가 아까부터 줄곧 걷는 모습을 보지 못한 걸까.

"지쳤어요?"

입을 꾹 다문 내게 우에하라 씨가 묻는다.

―네.

나는 이렇게 물속에 들어와 있는 것만으로도 몸과 마음이 지친다.

"그럴 때는 나처럼 쉬엄쉬엄 수영하면 돼요."

우에하라 씨가 수경을 끼고 시범을 보였다. 배영할 때처럼 우선 천장을 보고 물 위에 눕는다. 그리고 양팔을 동시에 돌린다. 마치 접영을 뒤집은 듯한 형태다. '쉬엄쉬엄'이라는 생각은 들지 않았지만, 가르쳐줬는데 안 하는 것도 예의가 아니라는 생각에 시도해보기로 했다.

확실히 몸은 뜬다.

—이렇게 하라는 말씀이시죠?

"그래요. 그다음은 팔."

움직임이 부자연스럽다는 건 스스로도 확실히 알 수 있었다. 겨우 두세 번 팔을 돌렸을 뿐인데 가라앉을 것 같아서, 그 뒤로는 물속에서 손바닥을 팔랑팔랑 움직여서 앞으로 나갔다.

일단은 이것도 수영이다. 얼굴이 물 밖에 나와 있어서 숨도 쉴 수 있다. 이론만 생각하면 이대로 50미터쯤은 갈수 있을 것 같은데, 왠지 숨이 차다. 귀가 물에 잠겨서 막혀 있는 탓에 내 헐떡이는 숨소리만 쓸데없이 크게 들려 견디기 힘들다.

얼마 지나지 않아 커다란 물살이 철썩하고 안면을 덮쳐서, 나는 허둥지둥 일어섰다. 우에하라 씨가 조금 전 알려준 수영으로 나를 앞질러 간 것이다.

고래 같네, 하고 나는 생각했다.

스포츠 교본은 수없이 많지만, 수영만큼 이해하기 어

1 물이 무서워서 견딜 수 없다

려운 것은 드물다. 아무리 읽어봐도 수영할 수 있겠다는 생각이 들지 않는다. 우선, 대부분의 책은 '물에 대한 공포'를 등한시하고 있다.

"물에 익숙해지는 것이 중요하다."

"물과 친해지자."

이런 식으로 간단하게 적혀 있다. 그런 다음 "인간의 몸은 물에 뜨니까 걱정할 필요 없다"라는 판에 박힌 말이 이어진다. 그런 것쯤은 이미 다 알고 있다. 알면서도 무서운 것이다.

예를 들면, '새우등 뜨기'라는 공포심 극복 훈련이 있다. 얼굴을 물속에 담그고, 양팔로 양다리를 감싸서 새우처럼 몸을 둥글게 만다. 이렇게 하면 정말로 물속에서 둥실 떠오른다. 확실하게 뜬다는 사실을 몸으로 느끼게 하는 방법이다.

몸에서 긴장을 풀고 물에 몸을 맡겨봅니다. 주의할 점으로는 몸에 쓸데없는 힘을 주지 않을 것. 물을 두려워하지 말고 편안한 마음으로 해보면, 기분 좋은 무중력의 세계를 체험할 수 있을 것입니다.(《간단하고 완벽한 수영》, 도시타 마사하루 감수,

나가오카쇼텐, 2000.)

새우처럼 물에 뜨면서 나는 공포에 휩싸였다.

우선 첫 번째로, 잡을 곳이 없다.

육지 생활에서 사람은 반드시 어딘가에 접촉하면서 살고 있다. 누구나 발바닥이나 손과 같은 몸의 일부를 땅, 바닥, 의자, 침대 등 어딘가에 반드시 접촉하고 있다. 다들 접촉하고 있으니, 지구상의 사람들은 이어져 있다고 할 수 있다. 나처럼 지금까지 줄곧 이어져왔던 인간이 갑자기 뚝 떼어내지면, 불안에 떠는 게 당연하다. 게다가 어디에도 닿아 있지 않으니까 피부 감각이 둔해져서, 계속 떠 있다 보면 어디까지가 자기 몸인지 알 수 없게 된다. 윤곽이 사라져버린다.

이 무음 상태도 무섭다. 아무것도 들리지 않는다. 물속에서는 스스로 목소리를 낼 수도 없다. 소리가 완전히 사라진 상태로 얼마간 지나면, 머릿속의 '생각'이 선명해지는 느낌이 든다. 몸의 윤곽은 사라지고, '생각'만 둥둥 뜬다. 육체를 벗어난 '나'가 떠 있는 것이다. 얼굴을 물에 담갔을 뿐인데, 이토록 단숨에 세계가 변화한다. 그 변모를 따라갈 수 없다. 이렇게 무서운 곳에 어떻게 있을 수 있겠는가.

요코하마 국제 수영장은 물 밖으로 나와도 거의 무음이었다. 수영장 전체가 마치 물속에 있는 것만 같아서 나는 잰걸음으로 수영장을 뒤로했다.

수영장 탈의실에서 나오면 라운지가 있다. 초보자는 그곳에서 비디오로 수영을 배우게 되어 있었다.

물에 들어가기 전에 육지에서 제대로 마음의 준비를 해둘걸, 하고 나는 생각했다.

비디오 전원을 켜자 남성 코치가 등장해서 느닷없이 이렇게 말한다.

물속에서 물의 저항을 줄이려면, 머리를 조금 들고, 몸을 수면에 수평 상태로 유지하는 것이 중요합니다. 이때 무리하게 머리를 높이 들면, 물의 저항이 늘어나서 불필요한 움직임이 많아지기 때문에 균형을 잃게 됩니다.

이게 도대체 무슨 말이지? 나는 고개를 갸웃거렸다. 자유형의 기본자세인 '스트림 라인'에 대한 설명 같은데, 머리를 '조금' 드는 것과 '무리하게' 드는 것의 차이가 뭘까? 몸이 '수평'인지 아닌지 따위 알 수 있을 리가 없다. 나는 몸이 사라진 상태니까.

수영할 수 있는 사람들은 '수영을 못한다'는 것이 어떤 일인지 전혀 이해를 못 하고 있다. 그래서 우리는 수영할 수 있는 사람들 속에 섞이지 못한 채, 언제까지고 '수영을 못하는 사람'인 것이다.

정기적으로 초보자용 수영 교실이 열린다는 말을 듣고, 도쿄 센다가야에 있는 도쿄체육관의 수영장에도 가 봤다. 평일 낮이라 그런지 탈의실에는 사람 그림자도 보이지 않았다. 나는 혼자서 천천히 수영복으로 갈아입고, 메인 풀(50미터)로 향했다.

풀 사이드에 서자, 창문이 크고 정원의 초록이 잘 보여서 그런지 널찍하고 개방감이 느껴졌다. 물빛도 옅은 파란색이라 얕아 보였지만, 혹시 몰라서 안전요원에게 수심을 확인했다.

"2.2미터입니다."

아무렇지 않은 얼굴로 감시원은 대답했다. 나는 움찔했지만, 마음을 가다듬고 항의했다.

—왜 그렇게 한 거죠?

　"왜 그렇게라는 말씀은…?"

　—그렇게 깊으면 무섭잖아요.

　안전요원은 웃으면서 말했다.

　"이 깊이는 국제 공인입니다."

　그래서 뭐 어떻다는 말인가. 잘 보니, 각 레인에는 삼각형 깃발이 매달려 있고, 끝에서부터 '저속', '중속', '고속' 같은 말이 적혀 있다. 수영할 수 있는 사람에게는 레벨 분류일 테지만, 수영을 못하는 사람으로서는 '거절'을 의미한다. 심지어 스타트 지점에는 "코스 로프에 매달리지 마시오"라는 경고 문구까지 적혀 있다. 이건 구명줄을 쓰지 말라는 소리나 마찬가지다.

　"그리고 이곳은 앞지르기 금지입니다."

　코스에 들어가면, 앞사람을 추월하면 안 된다고 한다.

　—어째서죠?

　"약자를 배려하기 위해서입니다."

　그는 수영 속도가 느린 사람을 '약자'라고 생각하는 것이다. '약자'를 전혀 이해 못 하고 있다. 나 같은 사람은 무슨 일이 있어도 남에게 폐는 끼치고 싶지 않다고 생각한다. 앞질러 가주면 감사한 일인데, 그것을 금지하면 내 존재 자체가 민폐가 된다.

—수영을 못하는 사람은 어떻게 해야 하죠?

나는 안전요원에게 물었다.

"그런 분은 저쪽 수영장을 이용하시면 됩니다."

메인 풀에서 계단을 내려간 곳에 25미터짜리 풀이 있었다. 즉시 그쪽으로 철버덕철버덕 걸어갔더니, 왠지 좀 어두침침한 가운데 두세 명이 물에 떠 있었다.

수영을 한다기보다는 떠다니는 듯한 느낌이었는데, 그들이 팔을 돌리면 첨벙첨벙하는 물소리가 울려 퍼져서 몹시 섬뜩했다. 코스 로프도 중앙에만 하나 놓여 있었다. 로프가 여러 개 설치되어 있으면 마치 경쟁하라고 명령받는 것 같아서 마음이 무거워지지만, 반대로 하나밖에 없으면 대체 뭘 위한 풀인지 알 수 없게 된다.

—기분 탓인지 좀 이상한 느낌이네요.

내 말에 안전요원이 대답했다.

"원래 다이빙용 수영장이었습니다. 그런데 다이빙을 하는 사람이 별로 없어서, 수영을 못하는 분들 용으로 쓰고 있습니다."

1 물이 무서워서 견딜 수 없다

그렇게 말하고, 안전요원은 천장 쪽을 가리켰다.

"원래는 저 근처까지 물이 차 있었습니다."

당신은 지금 물속에 있다는 말을 들은 것 같아서 눈앞이 어지러워졌다. 밝기 차이 때문인지 물에 떠 있는 사람들의 얼굴색도 영 나쁜 것이 마치 영안실에 있는 듯한 기분이 들어서, 나는 참지 못하고 계단을 뛰어올라가 그대로 샤워하고 달음박질로 수영장을 떠났다.

얼마 뒤, 수영할 수 있는 사람에게 배우면 되겠구나 하는 생각이 들었다. 하지만 사람들에게 수영할 수 있냐고 물으면, 대부분 이렇게 대답한다.

"일단은."

—어느 정도 수준인가요?

"중학교 때 25미터는 헤엄쳤어요."

체육 수업 때 수영장 반대편까지 도달한 적 있다는 소리다. 말은 그렇게 해도 사실은 조금 더 헤엄칠 수 있지 않을까 의심되기도 했지만, 정말로 그 정도 수준이라면 배워봤자 소용이 없다. 다행히도 나의 처남은 청소년 시절에 시 대회에도 출장한 적 있는 수영선수였다. 나는 곧

바로 내가 전혀 수영을 못한다는 사실을 고백하고, 가르침을 청하기로 했다.

"걱정하지 마세요. 금방 헤엄칠 수 있어요."

오늘 당장이라도 할 수 있을 것 같은 말투로 처남은 나를 격려했다.

―할 수 있을까…?

"걱정하지 마세요."

그는 마음 따뜻한 '수영인'이다. 사람이 없는 탈의실에서 둘이 옷을 갈아입고 수영장으로 향했다. 처남의 수영복은 작은 삼각형의 경기용 수영복이었다. 여성들과는 달리 남성 수영복은 종류가 한정되어 있는데, 나는 작은 삼각형 디자인이 부끄러워서, 스포츠 가게를 몇 곳이나 둘러본 끝에 간신히 평범한 트렁크 수영복을 샀다.

"어떻게 할까요?"

일렁이는 수면은 거들떠보지도 않고 처남이 물었다. 내게 물어봐도 뭐부터 시작하면 되는지 모르겠다. 이 나이를 먹고 '수중 가위바위보'를 할 수도 없는 노릇이다.

어린이용 풀 사이드에서 우리는 한동안 서로 마주 보고 있었다.

―이렇게 보니까 꽤 말랐네.

"그런가요?"

―어, 진짜 말랐어.

서로의 몸을 감상하는 사이에 시간이 흘러간다.

"일단, 헤엄쳐볼까요?"

처남은 그렇게 말하더니 벽을 차고 물속으로 사라졌다. 무시무시한 물보라 때문에 처남의 모습이 거의 보이지 않는다. 가라앉으면 안 된다, 앞으로 나가야 한다는 기백이 느껴지는 자유형이었다. 수영이 이렇게 힘든 일이었나? 한번 시작하면 멈춰지지 않는 모양인지, 처남은 단숨에 풀을 왕복했다. 그러고는 출발 지점으로 다시 돌아와서 만족스러운 표정으로 이렇게 말했다.

"어, 수영 안 하세요?"

―….

그렇게나 "수영을 못한다"라고 말했는데. 여기에 뭘 하러 왔는지 잊어버린 걸까. 처남은 어린 시절부터 이미 '수영할 수 있는 사람'이었다. 그들은 이 세상에 '수영을 못하는 사람'은 없다고 생각하는 게 분명했다.

나는 어쩔 수 없이 그 실태를 보여주기로 했다.

얼굴을 물에 담그고, 몸을 뻗으면서 힘껏 벽을 찬다. 물살을 가르면서 힘차게 나아간다. 하지만 처음만 그럴 뿐, 점차 속도가 떨어진다. 기세를 유지하려고 발을 퍼덕거린다. 팔도 돌려야 한다는 생각에 조급해진다. 뭔가에 쫓기는 것 같고 점점 숨이 찬다. 어느 팔부터 돌려야 하지? 실수했다, 이런 건 시작하기 전에 미리 정해뒀어야 했는데. 나는 후회하면서 일어섰다.

물속에서는 고민이 고민을 부른다. 여기서 뒤돌아보고 처남에게 쓴웃음을 지어 보일지, 이대로 한 번 더 퍼덕거림을 보여줄지 같은 것까지 고민된다.

한 번 더, 이번에는 왼팔부터 돌리기로 하고 다시 벽을 찬다. 다리를 퍼덕이면서 왼팔을 돌린다. 물속을 통과한 왼팔이 등 뒤로 나왔을 때쯤 '다음은 오른쪽'이라고 생각한다. '언제부터 오른쪽이지?'라는 의문이 순간 머리를 스친다. 왼쪽 다음은 당연히 오른쪽이지만, 오른팔을 움직일 타이밍이 언제인지 모르겠다. 몸이 조각조각 분해되는 느낌에 사로잡혀, 순식간에 숨이 막혀왔다. 풀의 바닥 풍경은 아까부터 내내 움직이지 않는다. 즉 나는 같은 장소에 멈춰 있는 것이다. 그 사실을 깨닫자 도저히 참을

1 물이 무서워서 견딜 수 없다

수 없어서, 나는 일어섰다.

　—언제부터 오른쪽이야?

　내가 질문하자, 처남이 고개를 기울였다.

　"글쎄요?"

　분명 생각해본 적도 없을 것이다. 처남은 공중에서 팔을 돌리며 "어라? 이렇겐가? 음?" 하고 생각하기 시작하더니, 물보라를 일으키며 직접 헤엄쳤다.

　"이렇게네요."

　걷는 것과 마찬가지로, 자연스럽게 할 수 있는 일은 설명하기 어려워서 서로를 혼란에 빠트렸다.

　수영장은 고독한 세계. 눈물은 나오지 않았지만, 나는 울고 싶은 외로움에 휩싸였다.

　언제까지 이러고 있어야 하지?

　일렁이는 물속에서 겁에 질린 채, 나는 수영장을 떠날 '이유'를 찾았다.

　"결국, 당신은 무슨 일이든 각오가 부족한 거예요."

　며칠 뒤, '수영할 수 있는 사람'인 지인이 내게 지적했다. 사십 년 만에 받아본 자아를 뒤흔드는 지적이었다.

"수영할 수 있게 되면 인생이 바뀌어요. 세계가 바뀐다고요."

그녀도 줄곧 수영을 못했지만, 몇 년 전에 '수영할 수 있는 사람'이 되었다. 수영할 수 있게 되자, 저절로 웃음이 터져 나올 정도로 즐겁다고 한다.

"다카하시 씨는 도대체 여기 뭐 하러 왔어요?"

그녀의 매서운 질문에, 분명 땅에 발이 닿아 있는데도 나는 물에 빠질 것만 같았다.

잘 생각해보면, 나는 아직 머리까지 물에 들어간 적도 없었다. 분명 도망만 치니까 무서운 것이다.

그녀의 권유에 따라 나는 수영 강습을 받기로 결심했다.

흔들리는 '나'를 바꾸기 위해서.

1 물이 무서워서 견딜 수 없다

그렇게 무서우셨어요?

다카하시 씨, 수영장에 수영하러 오는 사람들은 당연히 수영을 하러 온 겁니다. 사람을 상대할 필요가 없고 주변 소리가 들리지 않는다는 점이 스트레스를 해소해주죠. 유산소운동이 목적인 사람은 멈추면 안 됩니다. "앞질러 나갈 때 아무 말도 안 하는 그들은 예의가 없다"라고 다카하시 씨는 말하지만, 이곳(수영장)에서는 다 암묵적인 동의가 이루어진 일이에요. 느린 사람은 느린 코스에서 헤엄친다. 느린 사람은 빠른 사람에게 코스를 양보한다. 특별히 '수영할 수 있는 사람들'이 예의 없는 것도, 서로 경쟁하는 것도 아닙니다. 서로가 서로의 목적을 위해 규범을 지키면서 순조롭게 수영을 즐기고 있을 뿐이랍니다.

그나저나 이 정도로 물을 무서워하셨던 거군요.

2

떠오르는

나

"물이 무서우신 거군요?"

다카하시 가쓰라 코치가 거듭 확인하기에 나는 작게 "네" 하고 고개를 끄덕였다. 달리 덧붙일 말은 아무것도 없었다.

옆 레인에서는 조금 전부터 수중 에어로빅을 하고 있다. 손장단과 함께 "원투, 원투, 원투" 하는 구호가 울려 퍼지고, 사람들이 활발하게 물속에서 춤춘다. 그곳에서 밀려오는 잔물결이 내 가슴에 부딪히는 게 신경 쓰여서 견딜 수가 없다. 가뜩이나 일렁거리는 물을 이 이상 일렁이게 만들어서 뭐가 재미있다는 걸까.

"알겠습니다. 자, 얼굴 담그세요."

가쓰라 코치는 생글생글 웃으면서 내 양손을 잡고 유인하듯이 물속으로 쑥 들어갔다.

코치는 수영선수 출신이다. 유치원 무렵부터 '수영할

　　　　　　　　　　　2 떠오르는 나

수 있는 사람'. 몸도 날렵한 유선형이고, 언뜻 보기에도 물에 친숙하다. 바다에서 돌고래, 바다사자, 거북이, 고래 상어 등과 같이 헤엄친 적도 있다고 하는데, 이쯤 되면 물속에서 사는 사람이나 다름없다.

나는 얼굴을 물에 담그려면 준비가 필요한 사람이다. 마음을 가다듬고, 숨을 들이마셔서 멈추고, 그다음에 들어간다. 아직 들어갈 생각이 없는데도 물이 밀려올 위험이 있기 때문에 물결의 타이밍에 주의하고, 어긋나면 처음부터 다시 한다. 애초에 나는 물에 들어가는 데도 준비가 필요해서, 한참 동안 발로 물을 찰박이면서 몸을 수온에 적응시켜야 한다.

"자, 얼굴 담그세요."

가쓰라 코치가 물속에서 쑥 튀어나와서 말했다. 내 준비 단계를 설명한들 알아주지 않을 것 같아서, 나는 숨만 멈추고 바로 얼굴을 담갔다.

눈앞에서 수경을 낀 가쓰라 코치의 얼굴이 일렁였다. 무표정한 모습은 조금 전과 전혀 다른 사람 같아서 나는 당황했다. 내가 내뱉은 숨 때문에 귓가에서 보글보글 소리가 들린다. 도저히 견딜 수 없다.

"한 번 더요."

싫다고 거절하지도 못하고, 한 번 더 들어간다. 보글보글 소리가 한층 더 커져서, 나는 집에 가고 싶은 충동에 휩싸였다. 게다가 어느 수영장에 가도 물속은 다 똑같은 '물빛'이라는 점이 괴로웠다.

"네, 괜찮네요."

가쓰라 코치가 고개를 끄덕였다. 뭐가 괜찮다는 것인지 모르겠지만, 나도 고개를 끄덕였다.

"이제 여러분도 안에 들어오세요."

초보자에 대한 지도는 이걸로 끝이었다.

"자, 업 100, 가세요."

워밍업으로 100미터 헤엄치라는 뜻이다. 이 풀을 갔다가 오고, 갔다가 온다. 끝없는 길이다. '설마 나도?'라고 생각했지만, 가쓰라 코치는 당연하다는 얼굴로 "다카하시 씨도요"라고 말하며 생긋 웃었다.

가쓰라 코치의 수업은 수영을 못하는 사람도 끊임없이 수영하는 수업이었다.

보통 초보자들은 풀 사이드를 잡고 발차기 연습을 하거나 즐겁게 대화를 나누다가, 서서히 물에 익숙해지면

2 떠오르는 나

서 물에 대한 두려움이 사라지고, 마침내 수영을 할 수 있게 될 것이다.

나는 수업 전날부터 집에서 스트레칭을 하는 등 준비운동을 시작했다. 그리고 물의 기운에 익숙해지기 위해, 수업 당일도 한 시간 전에 이 스포츠클럽에 도착했다. 탈의실에 들어갈 때 옆에 거대한 인영이 나타나서 깜짝 놀랐는데, 그게 거울이라는 것을 깨닫고는 마음을 추스르고 신발을 넣을 로커를 찾았다. 공교롭게도 4번밖에 비어 있지 않는데, 아무래도 불길해서 일부러 멀리 걸어가서 다른 번호의 로커에 넣었다. 옷을 갈아입은 뒤에도 온몸의 관절을 풀어주는 준비운동을 공들여서 했다. 아직 부족하다는 생각이 들었지만, 어쨌거나 수업 첫날이니 처음에는 풀 사이드에서 라디오 체조˚나 하면서 이십 분 정도는 무난하게 보내고, 이러저러하다 보면 수업이 끝나겠거니 생각했었다.

"수영을 못하는 사람은 없습니다."

"물에 빠지면 제가 구해드립니다."

˚ 일반 국민의 체력 향상과 건강 유지 및 증진을 목적으로 하는 체조. 한국의 국민체조와 유사함.

이런 신념을 가진 가쓰라 코치는 설령 "물이 무섭다"라며 호소해도 무작정 수영하게 한다. 들리는 바에 의하면, 지금까지 갑자기 울음을 터뜨리는 사람, 지나치게 긴장한 탓에 발차기에 너무 힘이 들어가서 뒤로 헤엄친 사람도 있었다고 하는데, 그에 비하면 나는 괜찮은 모양이다.

평일 낮이라 그런지 수강생 여섯 명 다 여성이라서, 나는 한층 더 숨이 막히는 기분이었다. 예전부터 여성과 눈이 마주치면, 본성을 간파당하는 느낌이 들어서 안절부절못했다.

풀 벽을 차고 수강생들이 차례차례 헤엄쳐 나갔다. 다들 원래는 수영을 못했던 모양인데, 지금은 모두 아름답고 경쾌하게 헤엄치고 있다. '수영할 줄 아는데 왜 수업을 듣지?'라는 의문이 들었지만, 어찌 됐든 수업 진행을 방해하면 안 되기 때문에 나도 맨 뒤에 붙었다.

나는 숨을 크게 들이마신 다음 얼굴을 담그고 발로 벽을 찼다. 앞으로 나가야 한다는 압박감 때문인지 부글부글 격렬한 소리가 나서, 나는 돌연 일어섰다.

내가 물속을 두려워하는 이유 중의 하나가 바로 이 부글부글하는 소리다. 내가 내는 소리지만, 듣기만 해도 물

2 떠오르는 나

에 빠진 기분이다. 입으로 숨을 내뱉으면 부글부글하는 소리가 시끄러워서 코로 내뱉어보기도 했는데, 커다란 공기 덩어리가 나와서 오히려 무서워졌다. 배영이라면 괜찮지 않을까 싶었는데, 부글부글이 없는 대신 귀가 막혀 있어서 헉헉, 색색 하는 내 숨소리가 머릿속에서 들려오는 탓에 '힘들어하는 나'를 통감하게 된다. 게다가 물을 뒤집어쓰기라도 하면 "으앗" 같은 소리가 튀어나오는데, 내 본성의 소리를 들은 것 같은 기분에 목소리가 언제까지고 귓가에 남아서 한동안 괴롭다. 물도 무섭지만, 내 본성도 무섭다.

주위를 둘러보니 다들 질서정연하게 헤엄치고 있고, 그 너머에서 가쓰라 코치가 눈을 가느다랗게 뜨고 나를 노려보고 있었다. 코치는 이렇게 말했다.

"일반적으로 남성 코치는 상냥합니다. 힘들다고 하면, 걷자고 말하죠. 저는 다릅니다. 힘들면 참으면 됩니다. 그렇게 심폐기능을 단련하는 겁니다."

다시 물속으로. 나는 엎드려 뜬 다음 팔을 좌우 한 번씩 돌리고, 일어섰다.

"서지 마세요!"

가쓰라 코치가 소리쳤다. "아니, 수영을 못한다니까"라고 혼자 중얼거리면서 조금 걷다가 다시 엎드렸다가를 반복한 끝에 간신히 반대편(25미터)에 도달했다. 애초에 '수영을 못하는데 수영한다'는 것이 논리적으로 모순된다고 생각됐다.

뒤를 돌아보니, 100미터를 다 헤엄친 수강생 전원이 수경을 낀 채 기다리듯이 이쪽을 쳐다보고 있었다. 나는 어느새 한 바퀴나 뒤처져 있었다.

역시 처음에 "오늘은 컨디션이 좋지 않다"라고 말해둘 것을 그랬다. 이럴 때는 "컨디션이 좋지 않다"라고 하면, 다 잘 해결된다.

후회하면서 물에 엎드린 나는 적당히 한 번만 팔을 돌리고, 그다음은 물결 사이를 누비듯이 가볍게 뛰거나 하면서 걸어서 되돌아갔다. 도중에 가쓰라 코치와 눈이 마주쳐서, 무심코 발을 헛디뎠다. 물속의 복잡한 흐름이 발에 휘감긴 것 같았다.

"자, 여러분 모두에게 공통되는 지적 사항이 있습니다."

가쓰라 코치가 검지를 세우며 말했다. 나도? 어리둥절

2 떠오르는 나

했지만 귀를 기울였다.

"여러분은 지금 열심히 물을 저으려고 하시는데요, 그러지 마세요. 물을 저어서 앞으로 나가려고 하지 마세요."

코치는 두 팔로 주위의 물을 세차게 자기 쪽으로 저었다.

"이렇게 저으면 자기 몸에 물이 부딪쳐서 앞으로 안 나갑니다. 그러니까 물을 저으려고 하시면 안 돼요."

그렇다면 어떻게 해야 하는 걸까? 물을 안 젓고, 여기서 뭘 해야 하지?

"물을 누르는 겁니다. 물을 누르고, 무게중심을 이동시켜서 앞으로 나아가는 거예요."

그렇군. 우선 물의 일렁임을 누르면 되는구나, 하고 나는 이해했다.

가쓰라 코치가 양손을 수면에 띄웠다. 우리도 따라 한다.

"힘을 빼면, 부력으로 손이 떠오릅니다."

확실히 뜬다. 다들 고개를 끄덕인다.

"그걸 꾹 누르는 겁니다."

완전히 떠오르기 전에 물을 가볍게 누른다. 하지만 아주 적은 힘으로 눌러야 해서, 누른 느낌이 나지 않는다. 그저 물속에서 손을 멈추고 있는 것 같기도 하다. 혼란스러운 마음에 확인을 위해 몇 번이고 반복하다 보니, 떠오르는 건지 누르는 건지 알 수 없게 되어버렸다. 주위 수강생들이 입을 모아 "어머, 정말이네"라고 하기에, 나도 덩달아 고개를 끄덕이며 물속에서 손을 띄웠다가 누르고, 띄웠다가 눌렀다. 마치 부채질이라도 하듯이.

"뜨려고 애쓰지 마세요!"

가쓰라 코치가 양손을 번쩍 올렸다. 그녀의 목소리가 수영장 안에 울려 퍼져서, 옆 레인에 있는 사람들도 무심코 귀를 기울이고 있다.

"뜨기 위해 물속에서 손을 올리려고 하면, 엄청나게 힘이 들어갑니다."

해보면 안다. 물속에서 양팔을 내리고, 거기서 위로 올리려고 하면 물의 무게 때문에 팔이 뒤틀릴 것 같다.

"뜨려고 애쓰면, 부력이 작아집니다. 그러니까 뜨려고 하시면 안 돼요. 어디까지나 저절로 떠오르니까 그걸 누르는 겁니다."

뜨려고 애쓰는 것이 아니라, 떠오른다. 저절로 뜬다.

의지가 아닌 단념의 경지다.

"시체랑 똑같습니다. 힘을 빼면 떠올라요."

일단 죽어야 한다는 말이군. 나는 시체, 시체 하고 생각하면서 몸을 눕힌다. 확실히 처음에는 떠 있지만, 조금 지나면 발부터 가라앉는다. 도무지 제대로 죽을 수가 없다. 떠오른다기보다는 가라앉는다는 느낌이다. 아무래도 죽어본 적이 없어서, 이런 요령은 잘 모르겠다.

"자, 얼굴을 물에 담그고, 그대로 머리를 깊이 가라앉혀보세요."

숨을 들이마시고, 가쓰라 코치가 시키는 대로 선 채로 머리를 물속 깊이 쑤셔 넣어본다. 그러자 이게 무슨 일인가? 엄청난 힘으로 내 머리가 떠올랐다. 마치 물에서 튕겨 나오는 것 같아서, 나는 깜짝 놀라 혹시 내 머리가 텅 빈 게 아닌가 하고 생각했다. 그러고 보면, 떠오르는 것을 실감하기 위해서는 일단 가라앉아야 한다. 가라앉았기 때문에 떠오른다. 처음부터 뜨려고 하니까 가라앉는 것이다.

"굉장하죠?"

—굉장하네요.

"이게 부력입니다. 그러니까 헤엄칠 때도 이마로 물을 누르는 거예요. 이마가 천장을 향하고 있으면 물을 누를 수 없습니다."

이마로 물을 누른다. 손으로 물을 누르고, 공을 감싸듯이 뒤로 돌린다. 다리도 좌우 번갈아 물을 누르고, 떠오르면 다시 누른다.

누르면 떠오른다.
떠오르니까 다시 누른다.

이것이 수영의 기본 원리다. 물속에서 생사의 기로를 떠도는 것이다.

가쓰라 코치가 수영 시범을 보였다.

풀 중앙에서 쑥 물속에 들어가 물보라를 전혀 일으키지 않고 천천히 팔을 돌리더니, 어느새 반대편에 도착해 있었다. 물을 젓거나 발차기를 하지도 않고, 물과 물의 틈새를 빠져나오는 듯한 수영. 아름다운 수영은 '물고기 같다'는 말로 비유되곤 하지만, 코치의 수영은 물고기가 아니라 마치 흘러가는 해조류 같았다.

"예쁘다."

"정말 예뻐."

수강생들이 감탄사를 흘렸고, 나도 그만 넋을 잃고 말

았다. 이렇게 아름다운 수영은 본 적이 없었다.

"이번에는 물속에서 제가 헤엄치는 모습을 보세요."

가쓰라 코치가 다시 물속으로 사라진다. 우리도 구경
하기 위해 들어갔다.

코치의 모습을 보려고 했건만, 무슨 영문인지 시야 한
구석에 수경을 끼고 물속에 죽 늘어선 수강생들이 들어
왔다. 다들 무표정으로 일렁이면서 부풀어 있다. 마치 죽
은 사람들 같아서, 나는 깜짝 놀랐다.

그 순간, 내 몸이 엉덩이부터 둥실 떠올랐다. 몸이 뜨면
코치의 수영이 안 보이니까, 나는 황급히 안 뜨게끔 몸을 누
르려고 했다. 하지만 안 뜨려고 하면 할수록 떠올라서, 나
는 보리새우처럼 버둥대다가 앞으로 푹 꼬꾸라질 뻔했다.

이런 게 분명 '떠오른다'는 것일 테지.

"이제 아시겠죠? 그러면 50, 가세요."

어느새 수영을 마친 가쓰라 코치가 말했다.

"먼저 가세요."

수강한 지 오 년째인 야마모토 씨가 나를 재촉하기에,
"그게, 제가 수영을 못해서요"라고 거절했다.

"먼저 가요."

―아니, 하지만….

"야마모토 씨가 먼저 가요."

갑자기 스즈키 씨가 야마모토 씨에게 되받아친다.

"난 됐으니까, 먼저 가요."

"왜?"

"나는 느리단 말이야."

"하나도 안 느려."

이 수업에서는 다들 서로 양보하면서 조금씩 풀 사이드에서 멀어져간다.

―죄송한데, 제가 아예 수영을 못하거든요.

맨 끝을 차지하기 위해 내가 호소하자, 스즈키 씨가 말한다.

"뒤에서 따라가면, 이걸로 충분하다고 느긋한 마음이 드니까 안 돼요. 수영은 쫓기면서 배워야 해."

왜인지 모르겠지만 엄한 말투다. 이 수업의 특징은, 코치뿐만 아니라 수강생들도 많은 것을 알려준다는 점이었다.

"그리고 건방진 소리 하나만 해도 될까요?"

―물론이죠.

2 떠오르는 나

"풀 벽을 좀 더 세게 차야 해요. 세게 차기만 해도 앞으로 나가니까, 안 차면 손해라고요."

─손해요?

"왜냐면 그만큼 수영을 안 해도 되니까. 손해잖아요?"

옆에 있던 가키모토 씨가 말을 이었다.

"나는 벽 차기로 10미터는 가요. 그렇게 하면, 수영은 별로 안 해도 돼요."

그녀들은 여기에 수영하러 온 게 아니었나? 아무래도 수영하는 것보다 중요한 게 있는 모양이다. 훨씬 더 베테랑 수강생인 니시무라 씨도 조언해주었다.

"어찌 됐든 도중에 일어서지 않는 게 중요해요. 아무리 힘들어도 25미터는 끝까지 완주해요. 그렇게 해서 몸에 25미터를 기억시키는 거예요."

그냥 수영하는 것보다, 반대편까지 포기하지 않고 끝까지 완주하는 것이 중요하다는 말이다.

"자, 가세요."

가쓰라 코치가 소리쳤다.

나는 드디어 각오를 다지고, 물속에 들어가서 있는 힘껏 발로 벽을 찼다. 그 순간, 온몸이 한천 속을 파고들어가는 듯한 감각에 휩싸여, 나는 덜컥 겁이 나서 일어섰다.

아무래도 나는 죽음이 무서운 모양이다. 죽고 싶지 않다. 그동안 계속 물을 피해온 덕분에 살았던 것이라서, 물속에서 죽을 가능성이 남들보다 크다. 죽지 않더라도, 물에 빠져 구급차에 실려 가서 검사를 받은 결과 다른 병이 발견돼, 제대로 된 치료를 받지 못하고 결국 죽을 가능성도 있다. 수영장 때문에 죽는다면, 지금까지 물을 피해 살아온 일이 물거품이 된다.

뒤에서 야마모토 씨의 수모가 조용히 다가온다. 이것도 무서워서 다시 물속으로 들어간다. 부글부글하고 요란한 소리가 나서, 이것도 무서워서 또다시 일어섰다.

"서지 마세요!"

가쓰라 코치가 소리친다. 물속에도 물 밖에도 죄다 무서운 것투성이다. 나는 정신이 혼미해져서 그다음에 어떻게 했는지 잘 기억나지 않지만, 어쨌거나 50미터를 끝냈다. 헤엄쳐서 완주한 것이 아니라, 물에 빠진 상태로 끝까지 갔다는 느낌이다. 그러는 동안 가쓰라 코치의 "떠오르니까 누른다"라는 말은 새까맣게 잊고 있었다.

"초조함이 있네요."

가쓰라 코치가 지적했다. 초조함 때문에 몸에 힘이 들어가서 떠오르지 않는다. 코치의 말에 따르면, 힘을 들어가면 그 부분이 추의 역할을 하게 된다고 한다. 나는 물속에서 줄곧 초조한 상태다. 온몸이 추 역할을 하게 되니, 소위 말하는 '맥주병' 상태일 테다. 그렇지만 어쨌든 나는 물속에 있고 싶지 않다.

"물속에서 생각하시죠?"

—네, 합니다. 아주 많이.

"생각하시면 안 됩니다. 아무것도 생각하지 마세요. 헤엄치는 것과 걷는 것은 똑같습니다. 걸을 때 오른쪽, 왼쪽 생각하세요?"

—아니요.

"그것과 마찬가지로, 무의식으로 헤엄치는 거예요."

—음, 마음을 좀 더 편하게 가지면 되겠군요?

"그러지 마세요."

가쓰라 코치가 즉답했다.

—왜죠?

"마음을 편하게 가지라는 소리를 듣고, 편해지는 사람은 없습니다. 그러니까 편해지려고 하지 마세요."

생각하지 않는다, 마음을 편하게 가지려고 하지도 않는다. 그렇다면 어떻게 하라는 말인가?

"그것도 생각하지 않는 겁니다."

—….

가쓰라 코치의 이야기를 들으면서, 나는 정말로 아무 생각도 할 수 없는 상황에 빠졌다.

너무 긴장한 탓에 소변을 보고 싶어진 것이다. 육지에서도 종종 있는 일이지만, 물속에서 느끼는 요의는 각별하다. 수압 때문에 요의를 느낀 순간 '더 이상 못 참겠다'라는 임계점까지 단숨에 내몰린다. 육지라면 몸을 배배 꼬거나 고간을 부여잡으면서 참아볼 수 있지만, 물속에서는 어설프게 움직이면 쌀 것 같다. 싸면 편해지겠지만, 인간으로서 실격이다. 수영을 할 수 있느냐 없느냐 이전에 윤리적인 측면에서 생사의 갈림길에 내몰린 나는, 이윽고 가쓰라 코치의 말이 들리지 않게 되었다. 입만 뻐끔뻐끔 움직이고, 말소리가 귀에 들어오지 않는다. 나는 이제 무슨 말이든 다 듣겠다고 마음속으로 빌면서 입을 열었다.

"죄송한데, 화장실 좀 다녀오겠습니다."

나는 부리나케 화장실로 달려갔다.

2 떠오르는 나

물에서 빠져나와 물을 빼낸다. 물에서 벗어난 해방감에 나도 모르게 몸이 떨렸다.

생각하지 않기를 생각하기란 어렵다. 물속에서는 도저히 불가능해서, 일단 육지를 걸어보기로 했다. 그 심리상태를 파악한 다음에 물속으로 가지고 가면 된다.

운동화를 신고 집 근처를 걸어봤다. 확실히 나는 걸으면서 '오른쪽, 왼쪽'이라는 생각은 하지 않는다. 생각을 떨쳐내고 손발이 저절로 움직이는 느낌이다.

그러다가 문득 생각했다.

왜 걷는 걸까?

어디로 가겠다는 목적이 없어서인지, 답은 바로 나왔다.

앞으로 나아가고 있기 때문이다.

걷기 시작했을 때는 걸으니까 앞으로 나아갔다. 하지만 걷는 도중에 이게 역전되어서, 앞으로 나아가고 있으니까 그에 맞추어서 걷는다는 느낌이 든다. 그 증거로, 걷다가 갑자기 멈추면 앞으로 푹 고꾸라진다. 앞으로 나아는 것부터 멈추고, 그다음에 걷기를 멈춰야 한다. 요컨대 앞으로 나아가기 때문에 걷는 것이다.

걷고 있는 것은, 이렇게 '생각하는 나'다. 그렇다면 앞으로 나아가고 있는 건 누구일까? 그래, 틀림없이 이게 바로 아무 생각도 하지 않는 '수영하는 사람'이다.

나는 내 안에 존재했던 '수영하는 사람'을 만난 기분이 들었다. 하지만 육지에서의 이해는 물속에서 더 큰 혼란을 불러온다. 이해했기 때문에, 알 수 없게 되면 오히려 조바심이 나는 것이다.

두 번째 수업에서도 상황은 전혀 바뀌지 않았다. 손이나 다리로 물을 눌러봐도, 전혀 떠오르는 느낌이 나지 않는다. 떠오를 거라고 의식하는 탓에 안 되는 것이 분명했다. 안달 나서 기다리지 못하고, 나는 억지로 물을 젓고 팔을 돌렸다. 그렇게라도 하지 않으면, 도무지 앞으로 나아가지 못할 것 같았다.

수업이 끝난 뒤, 수영장 근처 카페에서 수강생 중 한 사람인 후지타 씨에게 상담을 청했다. 그녀도 해조류처럼 아름답게 헤엄치는 사람이다.

"앞으로 나가요. 왜 안 나가지?"

―아뇨, 안 나갑니다.

2 떠오르는 나

"그러면 그 컵 들어볼래요?"

뜬금없는 후지타 씨의 말에 나는 커피 잔을 손에 들었다.

"지금 손힘으로 들었죠? 손가락 힘일 수도 있고."

─손으로 들 수밖에 없지 않나요…?

"온몸으로 잡는 거예요."

대체 무슨 뜻일까? 후지타 씨가 말을 잇는다.

"의자에서 일어나 봐요."

나는 팔걸이에 손을 얹고 일어서려고 했다.

"그것 봐요, 손과 팔의 힘으로만 일어나려고 하잖아. 남자는 근력이 있으니까, 그렇게 뭐든지 몸 일부만 써서 해치우려고 하거든요."

나는 옴짝달싹 못 하게 되었다. 확실히 그랬다. 나는 오랜 육지 생활 동안 대부분의 일을 손끝으로 해치워온 것 같다. 주변 사물을 움직일 때도 그것에 가장 가까운 신체 부위의 힘만 썼다. 예를 들면, 선풍기 바람의 세기 조절 등은 발끝으로 하는 식으로. 이렇게 게으른 생활 태도가 물속에서 드러나, 손이나 다리의 힘만으로 어떻게든 해치우려고 하게 만든다. 그렇기 때문에 '떠오르는 나'를 느낄 수 없는 것이다.

나는 자세를 고쳐 앉았다. 지금부터는 몸의 일부가 아니라 온몸으로 움직이기로 하자.

등을 펴서 몸의 중심을 바로잡고, 온몸의 균형을 생각하면서 커피 잔을 들었다. 이렇게 하니 자연히 움직임이 느려져서, 마음도 아주 안정됐다. 수영장에서 돌아올 때, 전철 표도 허리 회전을 이용해서 샀다. 밥도 제대로 정좌하고 먹었다. 이렇게 하니 '식사'라고 말하고 싶어진다. 비디오 대여점에 들렀을 때도, 자유형의 요령으로 천천히 오른팔을 돌리고, 공을 던지듯이 무게중심을 이동시켜서 비디오를 손에 들었다. 그러고는 "좋아, 이렇게 하는 거군" 하고 혼자 중얼거렸다.

"반드시 수영할 수 있을 거예요."

함께 수업을 듣는 수강생들이 나를 격려해줬다. 내가 고개를 갸웃거리자, 한 명이 말했다.

"원래는 했었잖아요."

ㅡ언제요?

"태아 시절에 엄마 양수 속에서. 그때를 떠올려봐요."

물은 엄마다. 두려워하지 말고, 몸을 맡기는 마음이 중요하다. "맡겨야지"라는 생각 없이.

처음부터 그렇게 말해주셨으면 좋았을 텐데…

다카하시 씨, 제가 첫날에 "수영할 줄 아세요?" 하고 물었을 때, "어, 음, 할 수 있는 것 같기도…"라고 모호하게 대답하셨죠? "수영 못합니다"라고 분명하게 말씀하시지 않았잖아요. 솔직하게 말해주셨으면, 다른 방법이 있었을 텐데.

그리고 한 가지 큰 오해를 하고 계시네요. 제가 "100, 업 가세요" 하고 말한 건 "100미터를 다 헤엄치세요"라는 의미는 아닙니다. 업이라는 건, 물론 워밍업을 말하는 거예요. 워밍업 100미터라는 건, 몸을 물에 적응시키거나, 지난번 수업의 복습이나 확인을 본인의 페이스(걷기도 가능)대로 하시라는 뜻이에요. 그건 분명히 말했습니다. 워밍업으로 100미터 헤엄치라니, 다카하시 씨 혼자 그렇게 생각하셨던 것 아닌가요?

3

수중

심호흡

수영을 못하는데도 수영하는 날들은 계속됐다.

　물에 들어가면 참으로 부산하다. 물 위에 엎드려서 좌우의 팔을 돌리고, 일어서서 걷고, 또다시 엎드린다. 장애물 경주 같은 이 부산함을 나는 견디기 힘들었다. 물은 마치 이불 같다. 숨을 쉴 수 없는 물이불. 왜 대낮부터 물에 반복적으로 얼굴을 집어넣어야 하는 걸까. 그렇게 생각하면 도저히 일어서지 않고는 배길 수 없었다.

　주위 수강생들은 이불에 얼굴을 파묻은 채 앞으로 나아가고 있었다. 그 느긋하고 기분 좋아 보이는 모습이 마치 편안한 잠을 자는 것처럼 보여서, 잠을 이루지 못하는 나만 점점 뒤처지는 느낌이었다.

　"왜 일어서는 거죠?"

　가쓰라 코치는 여전히 엄격했다.

　물속에 가로놓인 내 손발을 붙잡고 "이렇게 하는 게 아니라, 이렇게 하는 겁니다"라고 가르쳐주는데, 내가 어떤 모습인지 나에게는 보이지 않는 탓에, 무엇을 지적받고 있는지 전혀 모르겠다. 게다가 귀가 물로 막혀 있어서, 코치의 말도 잘 들리지 않는다. 그저 내 이마 근처에 닿아 있는 코치의 배가 격렬하게 움직이기에, '꽤 화난 모양이군' 하고 감을 잡는 것뿐이다.

그러고 보니 물가에서 기다리는 수강생들의 시선에도 점차 경멸이 스미는 듯한 기분이다.

"일어서고 싶으니까 서는 거야."

후지타 씨가 분석했다. 그런 생각은 하지 않았다고 되받아치려고 했는데, 듣고 보니 일어서기 전에 '일어서고 싶다'라고 생각한 것 같기도 해도 그대로 말을 삼켰다.

"일어서고 싶다는 의식이 작용해서 서는 거야."

—그럴까요…?

"그래요. 무의식은 수영하려고 하는데 의식이 일어서려고 하고 있어. 좀 더 무의식을 믿어봐요."

후지타 씨는 그렇게 말했지만, 나는 그런 철학적인 문제는 아니라고 생각했다.

숨을 쉬는 게 힘들어서 그렇다. 코와 입이 막혀 있으니

힘든 것은 당연하다. 애당초 가쓰라 코치는 '숨쉬기'를 거의 알려주지 않았다. 숨쉬기를 하지 않으면 수영할 수 있을 리가 없다.

물을 젓는 것이 아니라, 물을 누른다. 무게중심을 이동시켜서 앞으로 나아간다. 이런 이론은 알겠다. 하지만 숨을 쉬지 못하니, 좌우의 팔을 각각 한 번씩밖에 연습할 수 없다. 수영은 전신을 쓰는 연속 동작이다. 호흡을 하지 못하면, 그 '연속'을 전혀 할 수 없다.

─숨을 쉬기가 힘듭니다.

나는 풀에서 처음으로 의사표시를 했다. "물이 무섭다"라는 것과는 달리, 내가 틀리지 않았다는 확신이 있었다.

"스즈키 씨, 수영하면서 힘드세요?"

가쓰라 코치가 수강생들에게 묻는다.

"그야 힘들죠."

"야마모토 씨는요?"

"당연히 힘들죠."

"나카무라 씨는요?"

"힘들어요."

차례로 물어보자, 다들 신이 나서 "힘들다"라고 대답

3 수중 심호흡

했다. 나는 믿을 수가 없었다.

"보세요, 다들 힘들어하고 있어요."

—그런 겁니까?

"힘들면, 참으면 됩니다."

가쓰라 코치가 나를 바라봤다. 불합리해 보이지만, 일리 있는 말이다. 생각해보면, 나는 물속에서 힘이 드는지 안 드는지 양자택일의 자문만 하면서, 잠깐이라도 괴로워지면 일어서고 있었다.

그럴 때는 참으면 되는 것이다. 25미터 정도는 참고 갈 수 있는 모양이다.

"여성들은 평소부터 고통이나 아픔을 견디며 살아가고 있어요."

—네.

"그래서 저희에겐 참는 것이 당연한 일입니다."

—죄송합니다.

나는 송구한 마음에, 다시 물 위에 엎드려서 벽을 발로 찼다.

아직은 힘들지 않다. 그러나 숨을 쉴 수 없다는 것은, 가까운 미래에 확실히 고통스러워질 터. 이 앞에 얼마나 큰 인내가 기다리고 있을까 생각하니 도저히 참을 수 없어서, 나는 조금 전보다 빨리 일어섰다.

"호흡하려고 생각하지 마세요."

가쓰라 코치가 말했다. 맞다. 물속에서는 아무 생각도 하면 안 됐다.

─그렇지만 아무래도 숨이….

"여기 호흡하러 오셨어요?

─그런 건 아닌데요….

"수영하러 오셨잖아요? 그럼, 수영하시면 돼요. 호흡하러 오신 거면, 처음부터 일어서 있으면 됩니다."

─하지만….

"힘들어서 죽을 거 같으면, 공기는 알아서 들어옵니다."

물속에 있는데 공기가 들어온다고? 지금까지 아플 정도로 코로 물을 먹어온 내게는 의외의 대답이었다. 요컨대 호흡하겠다는 생각을 하고 호흡하는 것이 아니라, 아무 생각도 하지 않고 저절로 공기가 들어온다는 것이다. 뜨려고 하는 것이 아니라 떠오르는 것처럼, 물속에서는 의지가 금물이다.

가쓰라 코치의 설명에 따르면, '여기서 호흡해야지'라

고 생각해도 몸은 앞으로 나아가고 있기 때문에, '여기서'의 '여기'는 이미 '여기'가 아니게 된다. '지금 해야지'라고 생각해도, 그렇게 생각하는 순간에는 숨을 참고 생각 중이므로, '지금'은 호흡할 수 없는 상태다.

그렇다면 공기는 언제, 어디서 들어오는 걸까? 그 생각도 해서는 안 된다면, 공기가 들어올 때까지 마냥 기다릴 수밖에 없다는 말인가?

수업 도중에 나 혼자 빈번히 일어서는 것은 수업 진행을 방해하고 다른 수강생들에게도 폐를 끼치는 일이다. 나는 몰래 연습하기로 결심했다.

수영 교재에는 이렇게 적혀 있다.

자유형의 호흡에서 늘 명심해야 할 것은, 바로 옆으로 얼굴을 든다는 점입니다. (《도해 코치 수영》, 다카미네 류지, 세이비도출판, 2002.)

어느 교재를 봐도 "바로 옆으로 얼굴을 든다"라고 똑같은 말이 적혀 있다. 분명 절대적인 진리일 터.

나는 물에 빠질 걱정이 없는 집 욕조에 들어가, 양팔을 가장자리에 얹고 얼굴을 담갔다.

그리고 천천히 얼굴을 바로 옆으로 돌렸다.

어라? 상황은 거의 변하지 않았고, 얼굴은 여전히 물속에 잠겨 있었다. 조금 전까지 바로 밑에 보였던 수챗구멍이 왼쪽으로 이동했을 뿐, 역시 숨은 쉴 수 없었다.

욕조가 좁고 몸을 웅크리고 있었던 탓이라고 생각해, 나는 요코하마 국제 수영장으로 갔다. 그리고 풀 한구석에서 풀 사이드에 양팔을 올려 안전을 확보한 채로 물에 얼굴을 담갔다. 얼굴을 옆으로 돌린다. 역시 얼굴은 물에 잠겨 상황은 변하지 않는다. 분명 바로 옆이 아니라서 그럴 것이라는 생각에 힘주어서 얼굴을 더 옆으로 돌리려고 하자, 목덜미에 통증이 느껴지고 기도가 뒤틀려서 질식할 것 같았다.

나는 마음을 가다듬고 한 번 더 얼굴을 담근 다음, 차분하게 얼굴을 옆으로 돌려봤다. 젤리 같은 압박감을 느끼며, 문득 의문이 들었다.

혹시 이게 옆이 아닌가?

가로의 반대는 세로다. 세로는 알기 쉽다. 고개를 끄덕이는 감각으로 익숙하다. 물속에서 고개를 끄덕이면서, 이 반대는 어느 쪽인지 생각하다 보니 방향을 가늠할 수 없게 되었다.

나를 더욱 혼란스럽게 만든 것은 "든다"라는 표현이었다. 든다고 했으니 당연히 '위'를 가리키는 것이다. 육지에서 '위'라고 하면, 정수리 방향을 말한다. 오랜 세월 그렇게 생각해왔기 때문에, 이렇게 옆얼굴을 물에 담근 상태에서도 '위'라고 하면, 역시 정수리 방향인 것 같다. 서 있을 때 '위'였던 방향, 즉 천장 방향은 여기서 보면 더 '옆'이고, 바로 옆을 보겠다고 고개를 돌리다 보면 역시 목이 뒤틀린다.

대체 어느 쪽으로 얼굴을 들어야 하는 걸까?

나는 숨이 막혀서 일어섰고, 그 순간 중대한 사실을 깨달았다.

서 있을 때는 하늘 방향이 '위'이고, 수영하기 위해서 몸을 눕히면 물가가 '위'가 된다.

요컨대 수영한다는 것은 육상으로 치환하면 하늘을 향해 나아가는 것이라고 할 수 있다. 지금까지 경험한 적 없는 방향으로 나는 날아가려고 했던 것이다. 사람들은 육지에서 수영 이야기를 할 때, 선 채로 상반신을 앞으로 굽혀서 헤엄치는 흉내를 내는데, 이건 방향이 잘못됐다. 물속에서는 등이 쭉 뻗어 있으니, 우리는 하늘을 향해서 헤엄쳐야 한다.

수영은 '승천'이다. 호흡하겠다는 생각은 버리고, 역시 죽었다는 생각으로 해야 하는 것이다.

"중요한 건 손바닥입니다. 손바닥의 방향이에요."

갑자기 가쓰라 코치가 말했다. 코치의 지도는 늘 갑작스러웠다. 전에는 "어깨만 돌리면 됩니다"라고 말했는데, 이번에는 "손바닥만"으로 바뀐다. 모순된 것처럼 보이기도 했지만, 수강생들은 이를 "진화"라고 불렀다. "이해 못하겠다"라고 하지 않고, "또 진화했다"라고 감탄한다. 아마도 가쓰라 코치는 물속에서 하나둘 아이디어가 떠오르는 것 같다.

—손바닥이요?

나는 무심코 되물었다.

"네. 다른 건 일절 생각하지 마세요."

—….

3 수중 심호흡

지난번처럼 '아무 생각도 하지 않는다'가 아니라, '손바닥만 생각한다'라니. 이 또한 모순처럼 느껴졌지만, 한 가지만 생각하라고 한다면, 다른 일을 생각하지 않을 수 있다. 새삼 돌이켜보면, 나는 물에 누워서 제대로 된 생각을 하지는 않았다. 반쯤 공황에 빠져서 머릿속은 어지러웠고, 일어서고 나서 이런저런 생각을 했다. 즉 나는 생각하기 때문에 수영을 못하는 게 아니라, 수영을 못하니까 차분히 생각하고 싶고, 생각하고 싶으니까 일어서는 것이다. 그렇다면 물속에서 무언가 하나를 제대로 생각할 수 있다면 일어설 필요가 없어지니, 수영할 수 있게 될지도 모른다.

가쓰라 코치가 식칼로 물을 자르듯이 왼손을 물에 쏙 집어넣었다.

"이때, 손바닥이 오른쪽을 향하고 있죠?"

다들 고개를 끄덕인다.

"이 손바닥의 방향이 몸의 방향입니다."

팔을 돌릴 때, 돌아가는 건 한쪽 팔뿐이고, 다른 쪽은 쭉 뻗은 채로 유지한다. 그 뻗은 팔의 손바닥이 향하는 방향이 몸의 방향이라는 말이었다. 손바닥이 오른쪽을 향하면, 몸도 자연히 오른쪽을 향한다고 한다.

"우선 손바닥이 바닥을 바라보게 하세요."

우리는 물속에 선 채 왼손바닥이 바닥을 향하게 했다. 아무 변화도 생기지 않는다.

"거기서 손바닥을 천천히 오른쪽으로 돌려보세요."

기분 탓일지도 모르지만, 마치 손바닥에 이끌리듯이 내 몸이 희미하게 오른쪽을 향했다.

"그대로 손바닥이 천장을 향하게 뒤집어보세요."

손바닥을 뒤집는다. 그러자 내 몸은 뒤틀리듯이 완전히 오른쪽으로 열렸다. 합기도 기술에 걸리기라도 한 양, 몸을 열지 않고는 배길 수 없었던 것이다.

"그러면 이제 그대로 헤엄치세요."

말도 안 된다고 다들 입을 모아 외쳤지만, 이내 기술에 걸린 상태로 한 명씩 헤엄치기 시작했다.

"반대쪽 손은 어떻게 할까요?"

누군가가 질문했다.

"아무래도 상관없습니다. 편한 대로 하세요."

터무니없다고 생각하면서, 나는 왼팔이 뒤틀린 채 옆으로 누워서 발을 퍼덕였다. 누군가에게 팔이 붙잡혀 끌려

3 수중 심호흡

가는 듯한 꼴사나운 자세다.

그런데 이렇게 하자 정말 앞으로 나아갔다. 왼팔이 뒤틀리자 몸이 오른쪽으로 열리고, 왜인지 얼굴이 수면 위로 나와 있다. 마치 조리돌림을 당하는 듯한 자세지만, 숨을 쉴 수 있다. 배영처럼 천장을 바라보지 않으니, 밑으로 수몰하는 공포가 없다. 비록 숨결은 거칠었지만, 팔이 뒤틀린 채 나는 태어나서 처음으로 도중에 일어서지 않고 반대편에 도달했다.

"숨 쉴 수 있으셨죠?"

가쓰라 코치가 생긋 웃으면서 말했다.

─네, 쉴 수 있었습니다.

이거라면 얼마든지 숨 쉴 수 있다. 물의 압박감으로 다소 답답하기는 하지만, 이 정도는 참을 수 있다.

"숨을 쉴 때는 이렇게 손바닥을 뒤집으면 됩니다."

─네.

나는 힘차게 대답했다.

"그러면 자유형으로 50, 가세요."

손바닥을 뒤집은 채로는 팔이 돌아가지 않는다. 팔을 돌려서 앞으로 뻗으면서, 천천히 손바닥을 회전시켜서 뒤집으면 된다. 미국인이 종종 "Why?" 같은 말을 하면서 손바닥을 뒤집는 요령이다.

그러자 이게 무슨 일인가? 물속에서 손바닥을 뒤집으면서 가볍게 옆을 보듯이 몸을 살짝 틀기만 했는데도 몸이 열리고, 점차 얼굴이 올라가서 수면이 보였다.

앞서 언급한 수영 교재에 적혀 있었던 "얼굴을 든다"라는 말은 틀렸고, '손바닥만' 생각하고 있으면 얼굴은 저절로 '올라가는' 것이다.

이게 옆에서 본 물과 공기의 경계구나.

훨씬 더 물속 깊이 있다고 생각했던 나는 의외로 수면 근처에 있었다. 자신의 위치를 확인할 수 있었던 것만으로도 기뻐서, 나는 저도 모르게 일어섰다.

"서지 마세요!"

가쓰라 코치가 소리친다. 나는 황급히 손바닥을 뒤집고 다시 물에 들어갔다. 그리고 'Why? …Why?'라고 머릿속으로 되뇌면서 나는 앞으로 나아갔다. 고작 두 번이지만 리드미컬하게 육지 풍경이 보인 것이 기뻐서, 나는 또 일어섰다. 기쁨은 일어서서 음미하고 싶었다.

"잘하고 있는데, 왜 일어서세요?"

3 수중 심호흡

―죄송합니다.

얼굴이 올라갔을 때 숨을 쉬면 된다. 그러면 계속 헤엄칠 수 있게 된다.

"얼굴은 아무렇게나 들어도 상관없습니다. 다만, 그 후 물에 들어갈 때는 반드시 이마부터 들어가셔야 해요."

예전에 도바수족관에서 봤던 '돌고래쇼'가 떠올랐다. 돌고래들도 물에서 튀어나와, 원을 그리면서 머리부터 물에 파고들었다. 나는 돌고래가 되기로 했다.

하지만 그렇게 간단한 일은 아니었다. 확실히 숨을 쉴 수 있었다. 머리부터 파고들어서 그 숨을 내뱉고, 부상하는 동시에 숨을 들이마신다. 이론대로 반복했지만, 왜인지 힘들다. 호흡하고 있는데도 힘들다. 역시 두 번이 한계다. 가쓰라 코치는 참으라고 하지만, 할 수 없다면 모를까 할 수 있는데도 힘든 것은 참을 수 없었다.

"출발이 문제라고 생각해요."

수강생 중에서 최고령인 아사쿠라 씨가 중얼거렸다. 아사쿠라 씨 역시 숨쉬기를 하고 있는데도, 여전히 '숨 막힘'이 해결되지 않는다고 내게 털어놓았다.

"출발할 때, '이제 가야지'라고 생각하잖아요? 그렇게 생각한 순간 몸이 딱딱하게 굳어버려요. 분명히 그래서 힘든 거야. 아휴, 어떻게 하면 '이제 가야지'라는 생각을 안 할 수 있을까요?"

—기합을 안 넣으면 될까요?

"그런데 나도 모르게 넣게 되더라고."

—그렇죠.

"그렇다니까요."

아사쿠라 씨와 나는 의기투합했다.

"노래를 부르면 어떨까요?"

후지타 씨가 대화에 동참했다. 그녀는 수영하면서 노래를 부르는 모양이다.

—노래요?

"머릿속으로 불러요. '♪까~마~귀야 왜 우느냐?' 같은 노래요. 한 곡 다 부를 때쯤이면 25미터를 다 가 있어요."

—좀 슬픈 노래네요.

"다카하시 씨는 어떤 노래를 좋아해요?"

—….

3 수중 심호흡

왜인지 좋아하는 노래가 떠오르지 않는다.

"그러면 〈봄의 시냇물〉은 어때요?"

"♪졸졸 흘러가요~"라는 가사가 수영에 잘 맞다. 좋은 방법이다. 머릿속에서 쓸데없는 '생각'을 몰아내는 데는 노래가 효과적이다. 노래는 이를 위해 존재한다고 해도 좋을 정도였다. 참고로 가쓰라 코치도 오자키 유타카의 〈졸업〉을 부르면서 100미터를 헤엄친다고 한다.

"다카하시 씨 선두로 업 100, 가세요."

얼굴 드는 것을 익힌 나는, 마침내 선두로 지명되었다.

바라던 바라며 자신을 타이르고, 나는 벽을 찬다. '♪봄~의 시냇가는~' 하고 첫 구절을 부르자마자 바로 괴로워졌다. 노래 가사와 팔 돌리기, 손바닥 뒤집기의 타이밍이 혼란스러워서, 얼굴도 올라가지 않게 된 것이다.

"잘하고 있는데, 왜 일어서세요!"

맨 앞에 멈춰 선 나를 향해 가쓰라 코치가 소리친다.

"이해 좀 해줍시다, 코치!"

돌연 수강생 중 한 명인 후쿠자와 씨가 목소리를 높였다. 이 수업에서는 보기 드문 남성이다. 처음 강습이 열렸을 때부터 참여했던 초기 멤버인데, 지금도 가끔 오곤 한다. 로커룸에서 늘 나를 격려해주는 친절한 사람이다. 후쿠자와 씨도 원래 수영을 못했는데, 바다에서 접영하는 사람을 보고 분한 마음이 들어서 가쓰라 코치에게 수영을 배웠고, 지금은 바다에서 접영을 뽐내는 것이 즐거움 중 하나라고 한다.

"다카하시 씨는 공기를 못 내뱉는 거예요. 그러니까 공기를 들이마시는데도 괴로운 거고. 나도 예전에 그랬으니까 잘 압니다. 이해 좀 해주자고요, 코치님."

후쿠자와 씨는 가라테 유단자였다. 로커룸에서도 호흡의 기본은 내뱉는 것이라고 내게 역설하면서, 벌거벗은 채로 "하아-핫, 하아-핫" 하고 가라테 시범을 보여주었다.

"지금 그거 때문에 일어선 거 아니시죠?"

가쓰라 코치가 말했다. 둘이 동시에 나를 쳐다봤다.

"나는 지금 다카하시 씨를 대변하는 거예요. 절대로 안 뱉고 있다니까. 그래서 힘든 거야."

나는 뱉고 있다고 생각했기 때문에, 애매하게 고개를 기울였다.

"어, 공기를 내뱉는 거였어요?"

숨이 막혀서 고민하던 아사쿠라 씨가 깜짝 놀란 듯이 말했다.

가쓰라 코치를 비롯한 전원이 경악했다. 아사쿠라 씨는 공기를 내뱉지 않고 줄곧 헤엄쳤던 것이다. 심지어 일어서지도 않고. 내내 공기를 삼키고 있었던 걸까?

"왜 안 뱉으세요?"

가쓰라 코치가 묻자, 아사쿠라 씨가 의연하게 대답했다.

"모처럼 들이마셨는데, 아깝잖아요."

수영장이 일순 정적에 휩싸였다. 전후 식량난에서 살아남은 아사쿠라 씨에게 그 누구도 반론하지 않았다.

나는 고개를 끄덕였다. 확실히 아깝긴 하다. 들이마신 공기는 소중히 쓰고 싶다. 낭비하고 싶지 않다. 호흡이란 들이마신 양과 내뱉은 양의 수지 결산이고, 아사쿠라 씨와 나는 이를 흑자로 만들고 싶은 것이다. 할 수 있다면 미래를 대비해서 저축하고 싶을 정도였다.

"숨은 내뱉는 게 중요해요."

후지타 씨가 지적했다.

—들이마시는 게 아니라요?

"네. 내뱉으면 저절로 공기가 들어오니까요. 조금만 들이마시고, 다 내뱉으면 돼요. 다 내뱉으면, 들이마실 수 있으니까."

그렇게 생각할 수도 있구나, 하고 나는 감탄했다. 요컨대 호흡은 수지가 아니라, 임차인 것이다. '들이마시는 것'은 차입이고, '내뱉는 것'은 상환이다. 조금만 빌렸다가 깨끗하게 다 갚는다. 중요한 점은, 반드시 다 갚은 다음에 빌리는 것이다. 다 갚지 않고 추가로 빌리다 보면 눈덩이처럼 빚이 늘어나서 꼼짝 못 하게 된다. 듣고 있자니 남 일 같지 않아서, 나는 숨이 막혀왔다.

"들이마시는 건 공기가 아니라도 괜찮아요."

도쿠오카 씨가 덧붙였다. 그는 수업 때마다 늘 옆 레인에서 헤엄치고 있는 사람이다.

—공기 말고 뭘 들이마시나요?

"물이요."

—물이요? 물을 마신다는 건, 물에 빠진다는 소리 아닌가요?

"아니요, 익숙해지면 공기 대신 물을 입에 넣었다 뱉는 호흡도 가능해져요."

일종의 허위 장부인가? 아가미 호흡 같지만, 아마 중요한 것은 공기보다 들이마시고 내쉬는 일일 테다.

3 수중 심호흡

―아무래도 물은 좀 힘들지 않을까요….

내가 미심쩍다는 듯이 말하자, 도쿠오카 씨가 진지한 표정으로 말을 이었다.

"그러면 말을 해보는 건 어때요?"

―물속에서 말하라고요?

"네. 말하면 내뱉을 수 있어요."

공기가 아니라 말을 내뱉는 것이다.

―예를 들면, 어떤 말을 하나요?

"저 같은 경우에는, '그 자식, 대체 무슨 생각인 거야' 같은 말을 하네요."

―수영하면서 그런 말을 한다고요?

"저도 '짜증 나!' 라고 하기도 해요."

가쓰라 코치까지 동조했다. 그녀도 물속에서 말하고 있다. 물속은 무음이 아니었던 것이다.

―말해도 괜찮으세요?

"괜찮아요. 육지와는 달리 주위에 안 들리니까."

그런 걸 걱정하는 건 아니지만, 어차피 내뱉을 바에는 막말이 적합해 보였다.

나는 즉시 시험해보려고 얼굴을 물에 담그고 "바보"

라고 말해보았다. 그러자 "바보"라는 발음이 부글부글하는 소리 속에 녹아들고, 그와 동시에 고막 안쪽에서 기묘한 중저음이 울려 퍼지면서 압박감이 덮쳐왔다. 게다가 "바보"라는 말을 마친 뒤에도 부글부글하는 소리가 여운처럼 이어져서, 말이 부족한 기분이 들었다. 그래서 "짜증 나!"라는 말도 해봤는데, 마지막 발성에 콧소리가 섞여서인지 코로 물이 들어왔다. 제대로 내뱉으려면 도쿠오카 씨처럼 "그 자식, 대체 무슨 생각인 거야" 정도의 문장 길이가 필요했다. 실제로 수영하면서 "그 자식, 대체 무슨 생각인 거야"라고 말해봤는데, 얼굴을 드는 타이밍에 맞추려고 하다 보니 역시 문장이 부족해서 "그 자식, 대체 무슨 생각인 거야, 진짜, 정말로, 완전히, 아주" 하고 문장이 멋대로 장황해지고, 거기에 정신이 팔리면 얼굴을 들 기회를 놓치고 만다. 게다가 문장이 마음에 와닿지 않는다. 물속에 있으면 타인에 대한 미움은 전혀 느껴지지 않고, 굳이 따지자면 타인을 용서하고 싶어졌다. 용서해줄 테니, 나도 이제 그만 좀 봐달라는 경지에 이른 것이다.

"너무 깊이 생각하지 않는 편이 좋아요. 걸을 때도 일일이 생각하지 않잖아요."

후지타 씨가 말했다. 숨쉬기를 하지 않고 25미터를 헤엄칠 수 있는 그녀에게서는 여유가 느껴졌다.

"알겠습니다. 그러면 심호흡을 하시죠."

가쓰라 코치가 만반의 준비를 하고 새로운 지도법을 발표했다.

"모두 옆 사람과 떨어져서 서주세요."

라디오 체조를 할 때처럼 줄지어 선다.

"어깨의 힘을 빼고, 양팔을 쭉 뻗은 채 밑에서 위로 올리세요."

모두 양팔을 벌리고 크게 원을 그렸다. 왜 하는지는 모르겠지만, 등이 쭉 펴져서 기분 좋다.

"좋습니다, 한 번 더요."

전원이 후 하고 크게 숨을 내뱉자, 가쓰라 코치가 말했다.

"지금 어디서 숨을 들이마시셨죠?"

다시 한번 해본다. 거의 무의식이었지만, 나는 양팔이 허벅지에서 멀어질 즈음 숨을 들이마시고 있었다. 나는 여기서 들이마셔야겠다고 생각하는 걸까? 한 번 더 밑에서 위로. 희미하게 공기가 들어온다. 생각하지 않아도 들이마시고 있다. 즉 이 움직임을 하면 들이마셔야겠다고 생각하지 않아도, 가슴이 열려서 자동으로 공기가 들어온다.

"이게 바로 호흡입니다. 이걸 물속에서 하시면 돼요."

육지에 서서 하는 심호흡 동작을 물에 누워서 하면 된다. 이 동작을 양팔 동시에 하면 접영이고, 한 팔씩 교대로 하면 자유형이다.

"이때, 반드시 팔이 뻗어 있어야 합니다. 팔이 뻗어 있으니까 가슴이 열리고, 가슴이 열리니까 공기가 들어오는 거예요."

요컨대 호흡이란, 뻗어 있는 팔이 돌아간 결과인 것이다. 가슴이 열리면 저절로 공기가 들어오고, 가슴이 닫히면 저절로 나간다.

가쓰라 코치는 결코 팔을 "뻗는다"라고 말하지 않았다. '뻗는다'라고 주체적으로 생각하면, 팔에 힘이 들어가서 숨이 막히고 만다. 어디까지나 '뻗어 있는' 상태다. 정신을 차리고 보니 몸이 저절로 뻗어 있다고, 자신을 어딘가 멀리서 바라보는 것처럼 능청스러운 감각이 중요하다.

"아시겠죠? 뻗어 있다, 뻗어 있다, 뻗어 있다."

가쓰라 코치가 팔을 돌리면서 리드미컬하게 선창했다.

3 수중 심호흡

♪뻗어 있다, 뻗어 있다, 뻗어 있다.

노래가 정해졌다.

나는 벽을 차고 물속을 나아갔다. 왼팔을 돌리고, 이어서 오른팔을 돌리면서 왼손바닥을 뒤집고, 오른팔이 허벅지 근처에 다다를 즈음 속으로 외쳤다.

'뻗어 있다.'

그 순간, 두 팔이 앞뒤로 팽팽하게 당겨진 내 자세가 십자가에 못 박힌 예수 그리스도의 모습과 비슷한 것 같다는 생각이 들었다. 아, 그건 숨을 쉬기 위한 자세였던가. 그리고 육지 풍경과 함께 그 순간, 공기가 '은총'처럼 내 안에 쑥 들어왔다. 그것도 대량으로. 입이 아니라 뱃속에. 배가 부를 정도로.

마침내 공기가 들어왔다. 들이마셔야겠다고 생각하지 않고도 들이마시고 있다. 나는 기뻐서 무심코 일어섰다. 이 감동을 일어서서 안전하게 확보하고 싶었다.

"잘하고 있는데, 도대체 왜 일어서세요?"

가쓰라 코치도 이제 기가 막힌 모양이다. 수경 밑에서 나는 히죽히죽 웃고 있었지만, 코치는 그 일을 알 길이 없었다.

호흡은 중요하지 않습니다.

다카하시 씨, 우선 중요한 건 '헤엄치는 상태'지 '호흡하는 것'이 아닙니다. 헤엄치는 법을 다 익히지 않으면, 호흡법은 익힐 수 없어요. 호흡을 하는 건 헤엄치는 자세일 때잖아요? 서 있을 때 아무리 호흡법을 터득해봤자 의미가 없어요. 그렇기 때문에 '수영'이 먼저고, 그다음이 '호흡'입니다. "힘들어도 참고 견디면 된다"라는 말을 한 게 아니라, '한 번만 더 물 젓기를 하는 노력'이 중요한 겁니다. 그렇게 하면, 조금씩 헤엄칠 수 있는 거리가 늘어나거든요.

앞으로 나아가고자 하는 의욕을 더 가지시면 좋겠어요. 다카하시 씨는 일어서거나, 그냥 물에 떠 있을 때 동작을 하시거든요. 앞으로 나아가려고 하지 않으니까 가라앉는 거예요.

그건 그렇고, 욕실에서 용케 얼굴을 담그시네요. 저는 뜨거운 물이 더 무섭던데….

4

헤엄쳐서는

안 된다

역시 오늘은 쉬어야겠다. 책상 앞에 앉아 담배를 피우면서 나는 생각했다.

　잠도 부족하고, 목도 뻐근하다. 전신이 나른해서 좋은 컨디션이라고는 못 하겠다. 이런 상태로 풀에 들어가면, 뭔가 좋지 않은 일이 일어날지도 모른다. 숨만 잘 쉬면 괜찮다고 사람들은 말하지만, 숨쉬기는 한 번으로 끝나는 것이 아니다. 몇 번이고 해야 하기 때문에, 그러다 보면 타이밍을 놓쳐서 힘들고 지칠 것이 뻔하다. 조심해서 나쁠 것은 없으니, 역시 오늘은 쉬어야겠다.

　그런데 쉬겠다고 결심하면 몸 상태가 좋아진 것 같은 기분이 든다. 그래서 역시 가야겠다고 생각하면, 그 순간 몸이 나른해진다. 아마도 이건 기분 탓이라고 생각해서 무거운 몸을 일으켜 수영장에 왔지만, 역시 그날은 계속 나른했다.

4 헤엄쳐서는 안 된다

"나 감기 걸렸어. 열도 좀 있고."

"아휴, 나는 무릎이 아파서 겨우겨우 걸어."

"나도 어깨가 안 돌아가."

"난 사흘 전 일도 기억 안 나."

수업이 시작되기 전, 수강생들은 물과 함께 일렁이면서 몸 상태가 얼마나 안 좋은지 입을 모아 이야기하고 있었다. 잘 들어보면, 다들 완벽한 컨디션은 아니다. 나도 "몸이 나른하네요" 하고 대화에 끼어들고 싶었지만, 그냥 나른하기만 할 뿐 구체적인 증상은 없어서, "그래서요?"라는 말을 듣게 될까 봐 말을 꺼낼 타이밍을 잡지 못했다.

─감기에 걸렸는데 괜찮으세요?

후지타 씨에게 물어본다.

"괜찮아요. 수영장에 오면 나으니까."

─그래도 만에 하나라는 게 있잖아요.

무슨 헛소리냐는 표정으로 전원이 나를 바라봤다.

"저게 있으니까 괜찮아요."

야마오카 씨가 수영장 입구 쪽을 가리켰다. 감시 카메라다.

"물에 빠져도 구조하러 오거든."

야마오카 씨는 다른 수영장에서도 일단 카메라 위치를 파악한 다음에 물에 들어간다고 한다. 이 스포츠클럽은 좁은 골목 안쪽에 있어서, 구급차가 들어올 수 있을지 나는 걱정이었는데, 야마오카 씨는 이미 확인을 끝낸 뒤였다.

"전에도 제대로 왔었고."

—구급차가 온 적이 있나요?

"있어요."

—역시 수영장에서는 다양한 일이 일어나네요….

"다카하시 씨는 대체 뭐가 무서운 거야?"

후지타 씨가 나를 추궁했다.

—컨디션이 안 좋은 날에 풀에 들어가면, 혹시 죽는 거 아닐까 해서요.

"사후 세계가 무서운 거군요?"

—사후라기보다는, 거기에 이르는….

"사후의 어떤 부분?"

—대체 어떻게 되는 건가 해서요….

"미지의 세계와의 만남. 그게 바로 수영이야."

"변명은 이제 됐습니다."

가쓰라 코치가 기선 제압을 했다. 조금 전까지 몸 상태가 안 좋다고 말했던 수강생들은 이미 거침없이 헤엄치기 시작했다. 도대체 어떻게 된 몸인지….

"자, 업 100, 가세요!"

나는 반사적으로 고개를 끄덕이고, 이제 이런 생활은 관두고 싶다고 생각하면서 물속에 얼굴을 집어넣고, 발로 벽을 차고 팔을 돌렸다.

역시 괜히 왔다. 이런 상태로 수영하다가는 끝난 뒤에 완전 녹초가 돼서, 평소처럼 쏟아지는 잠에 가볍게 눈 좀 붙여야지 하다가 밤까지 푹 자버리고는, 허둥지둥 일어나 이미 마감 기한이 지난 일을 해야 하는 꼴이 될 테고, 그렇게 되면 수영장에 온 일을 분명 후회하게 될 것이다. 나중에 후회해봤자 소용없다. 이미 늦은 것 같지만…. 물속에서 일 생각을 하던 중 나는 문득 깨달았다.

평소와 달리 물이 미끈미끈하다.

이유는 모르겠지만, 나는 물 위를 휙휙 미끄러지듯이 움직이고 있었다. 그래, 몸이 가볍다. 육지에서 몸이 무거웠기 때문에 물속에서 가볍게 느껴지는 걸까? 그러고 보니 목이 뻐근한 것도 까맣게 잊고 있었다.

그렇군, 중요한 건 육지와 물속의 낙차다. 즉 육지에서 나른하거나 아파 불편함이 있을수록 물속에선 가벼움을 느낄 수 있다. 어깨 결림에는 수영이 좋다는 말이 있는데, 어깨 결림 정도는 있는 편이 수영하기에 좋은 것이었다. 지금까지는 좋은 컨디션으로 의욕을 내다보니 쓸데없는 힘이 들어가서, 물에 거부당했던 모양이다. '실례합니다, 육지는 고되니까 잘 부탁드릴게요'라는 겸허한 자세로 임하면, 물은 상냥하게 맞아준다. 수업 전에 수강생들이 몸 상태 이야기로 열을 올리는 것도, 필시 이를 위한 준비운동일 테다.

지금이라면 할 수 있다.

나는 처음으로 물속에서 나아가는 기분을 느꼈다. 가쓰라 코치는 물을 저으면 안 된다고 했지만, 이참에 마음껏 저어서 반대편까지 도달해 보이겠다고 결심했다. 숨쉬기를 몇 번 했는지는 잊어버렸지만, 나는 이렇게 태어나서 처음으로 25미터를 완주했다.

내가 일어서자, 기다리고 있던 수강생들이 박수로 맞이해주었다.

　　　　　　　　　4 헤엄쳐서는 안 된다

"해냈네요."

"많이 늘었어요."

그리고 가쓰라 코치도.

"자신감이 붙으셨죠? 이걸로 다카하시 씨도 어엿한 수영인이 되셨네요."

감동적인 장면이었지만, 거친 숨을 내뱉으며 나는 의기소침해 있었다.

모처럼 몸이 가볍게 느껴졌었는데, 전력을 다한 탓인지 지금은 또 무겁다. 어쩌면 육지에 있을 때보다 무거운지도 모르겠다. 게다가 오늘 수업은 이제 막 시작되었을 뿐이다. 중간에 일어서서 체력을 아껴놨어야 했던 거 아닐까 하는 후회까지 일었다.

애초에 25미터라는 숫자에 무슨 의미가 있는지 모르겠다.

수영할 수 있는 사람들에게 드디어 25미터를 헤엄쳤다고 보고하면, 대체로 이런 대답이 돌아온다.

"다음은 50이네."

그들은 50미터를 헤엄치고 나면, "다음은 100이네"라고 말할 것이다. 100미터를 헤엄치면 200미터. 그다음은

300미터와 1,000미터 단위로 내게 과제를 설정하겠지. 생각만 해도 어질어질하다. 무슨 저금도 아니고, 왜 이렇게 할당량을 정해서 쌓아 올리기를 강요하는 걸까. 수영할 줄 아는 지인은 이렇게 설명했다.

"처음은 힘들어요. 그런데 200미터를 넘기면 뭔가 탁 깨지면서 굉장히 편해지거든요. 스위머스 하이예요. 그렇게 되면 언제까지고 헤엄칠 수 있게 돼요."

마라톤을 비롯한 여러 스포츠에 있다고 여겨지는 황홀경을 말하는 것이다. 고통을 넘어서면 편해진다. 대뇌에서 마약 물질이 분비된다고 하는데, 나는 전부터 이것은 "고생 끝에 낙이 온다", "젊어서 고생은 사서도 한다"와 일맥상통하는, 육지의 교훈 중 하나일 뿐이라고 본다. 게다가 200미터나 헤엄쳐야 얻을 수 있는 '낙'은 결코 온전한 '낙'이라 할 수 없고, 그 전까지 겪은 고통과의 낙차가 만들어 낸 착각일 테다. 익숙해지면 편해진다는 이야기도 있지만, 나는 편해지고 나서 익숙해지고 싶다. 단적으로 말하면, 물속에서는 처음부터 편했으면 좋겠다. 줄곧 부드럽게 감싸 안겨 있고 싶다. 물속에는 마땅히 물속의 교훈이 있어야 한다. 이토록 위화감이 있는 세계이니 말이다.

4 헤엄쳐서는 안 된다

"헤엄치지 마세요."

새해가 되자, 가쓰라 코치의 지도는 또 진화했다. 이번에는 상당히 대담하다.

—네?

다들 희미하게 웃고 있다.

"헤엄쳐야겠다고 생각하니까, 손발이 어떠니 호흡이 어떠니, 이것도 해야 하고 저것도 해야 한다고 마음이 조급해지는 거예요. 처음부터 헤엄치려고 하면 안 됩니다."

작년까지는 "일어서면 안 된다", 올해는 "헤엄치면 안 된다".

그렇다면 풀에서 대체 뭘 하라는 말인가?

"그냥 뻗어 있기만 하는 거예요. 저도, 오늘 괜찮다 싶을 때는 마음속으로 '뻗어 있다, 뻗어 있다' 하고 생각해요. 하지만 상태가 안 좋을 때는 '오늘은 수영이 좀 별로네' 하고 수영 생각을 해버리거든요. 그러니까 헤엄쳐야겠다고 생각하면 안 됩니다."

요컨대 헤엄쳐야겠다고 생각하는 것은 지금 제대로 헤엄치지 못하니까 생각하는 것이고, 그 말이 머릿속에 있는 한은 제대로 헤엄칠 수 없다는 것이다. 확실히 "헤엄쳐야지"라는 말에는 물살을 헤치는 듯한 공격적인 느낌이 있고, 겸허함도 부족하다.

가쓰라 코치에 의하면, 뻗어 있어야 하는 포인트는 일곱 곳이다.

손끝, 손목, 무릎, 옆구리, 허리, 발목, 발끝. 이들이 전부 뻗어 있으면 인간은 하나의 선이 된다. 수면에 가늘고 긴 나뭇잎으로 배를 만들어 띄우고, 뒤에서 살짝 튕기면 앞으로 쭉 나가는 것처럼, 이렇게 하면 물의 저항이 없어지는 것이다.

"그 상태로 벽을 차보세요."

가쓰라 코치의 지명으로 내가 시범을 보이게 되었다.

양쪽 귀를 감싸듯이 양팔을 앞으로 쭉 뻗는다. 그대로 벽을 차자 확실히 나아갔다. 하지만 점차 속도가 떨어져서 멈출 것 같았고, 숨 쉬기도 힘들어서 나는 일어섰다.

"보세요, 거기까지 갈 수 있어요."

가쓰라 코치가 외치는 소리가 멀리서 들렸다. 나는 풀의 절반 가까이 나아가 있었다.

"뻗어 있기만 해도 거기까지 갈 수 있어요."

4 헤엄쳐서는 안 된다

문제는 뻗어 있는 것만으로는 머지않아 멈춘다는 점이었다.

"이번에는 일어서서 양팔을 앞으로 뻗어주세요."

가쓰라 코치가 시키는 대로 다들 팔을 뻗는다.

"더 뻗으세요."

힘껏 뻗는다. 팔꿈치 관절에서 뚜두둑 소리가 날 것 같다.

"네, 힘 빼세요."

팔이 훅 굽으면서 아래로 늘어졌다.

"굽어지셨죠? 팔이 아래로 떨어지시죠? 그걸 그대로 뒤로 가져가서, 뒤쪽으로 또 뻗으면 됩니다."

수영 교재를 읽으면 "팔을 굽혀서 S자를 그리며 움직인다"라고 주체적으로 적혀 있는데, 굽힐 필요는 없다. 팔이 일단 뻗어 있으면, 힘을 뺀 순간 저절로 팔은 굽는다.

"다리도 똑같습니다. 차지 않아도 돼요."

야마오카 씨가 시범을 보이기 위해 물 위에 엎드린다. 두 다리가 둥실 떠올랐다.

"똑바로 뻗어주세요."

길이는 변하지 않았지만, 야마오카 씨의 양다리는 완전히 다 뻗은 것처럼 보였다.

"똑바로 펴지지 않은 부분이 한 곳 있습니다. 바로 발끝입니다. 유일하게 발끝이 아래를 향하게 되는데요, 이건 어지간히 몸이 유연한 사람이 아니면 똑바로 펼 수 없습니다. 그러면 어떻게 해야 할까요?"

다들 고개를 갸웃거리면서 마주 봤다.

"힘을 빼고 무릎을 아래로 떨어뜨리면 됩니다. 무릎이 살짝 밑으로 떨어지면, 발끝은 수면상에서 똑바로 뒤를 향하게 돼요. 하지만 이번에는 무릎이 굽어버리니까, 또 똑바로 뻗어야 하죠. 그래서 무릎을 똑바로 뻗으면 다리 전체가 밑으로 가라앉고 맙니다. 옆에서 보면 엉덩이만 산처럼 솟은 모양이 되는 거예요. 이렇게 되면 허리가 굽어 있죠. 그러니까 이번에는 허리를 똑바로 뻗습니다."

사람의 몸은 완벽하게 일직선으로 펴지지는 않는다. 그래서 처진 부분 이어받기를 하듯이 순서대로 쭉 뻗으려고 하는 것이다. 야마오카 씨의 발놀림은 마치 채찍처럼 휘어져서, 실로 아름답게 보였다.

요컨대 수영은 이렇게 하는 것이다.

뻗어 있다, …뻗어 있다, …뻗어 있다, …

4 헤엄쳐서는 안 된다

(… 부분은 아무것도 하지 않고 힘을 뺀다)

그런데 어떻게 이렇게 간단한 원리로 앞으로 나아갈 수 있는 것일까?

"점프랑 똑같습니다. 땅에서 점프할 때는 일단 몸을 굽히고, 힘을 뺀 다음 있는 힘껏 몸을 늘리잖아요? 그렇게 하면 높이 뛸 수 있죠. 그것과 같은 원리예요. 물속에서 점프하시는 겁니다."

반대편 물가를 향해 뛰는 것이다. 한 번에 뛸 수 있다면 좋겠지만, 그건 불가능하니까 여러 번 뛴다. 뛰고 나면 몸을 웅크렸다가 다시 뛴다. 이 동작을 양팔, 양다리 동시에 하는 것이 평영이고, 좌우 교대로 하는 것이 자유형이다.

"그러면 50 가세요."

머릿속으로 개구리 같은 이미지를 그리면서 나는 출발했다. 우선 전신을 뻗는다. 왼팔의 힘을 빼서 뒤로. 그 순간, 이런 생각이 들었다.

어, 발은 어떻게 하더라?

물속에 있으면 발이 보이지 않는다. 모습이 보이지 않으면 불안하고 걱정된다. 과연 똑바로 뻗어 있을까. 일어서서 확인하고 싶지만, 일어서면 다리가 똑바로 서게 된다. 피부 감각에 의지할 수밖에 없는데, 내 피부에는 상하좌우의 균형 감각이 없다. 그러는 사이에 이번에는 오른팔의 힘을 뺄 차례가 되었고, '맞다! 여기서 숨 쉬어야지' 하고 조급해하다가 물에 빠질 뻔해서 일어섰다.

헤엄치지 말고 뻗어 있기만 하라고 해도, 언제 어디가 뻗어 있으면 되는지 알 수 없게 된 것이다.

꼼짝하지 않고 서 있는 내 옆을, 반대편을 찍고 되돌아온 가키모토 씨가 초연하게 스쳐 지나갔다.

마치 비단잉어 같다고 나는 생각했다.

"저는 아무 생각도 안 해요."

다 헤엄친 가키모토 씨가 미소 지었다.

그녀는 이 수업에서 가장 편하게 헤엄치는 사람이다. 늘 느지막이 와서, 수업이 끝난 후에도 계속 혼자서 헤엄친다. 가쓰라 코치가 이것저것 방법을 바꾸며 지도해도 전혀 동요하는 기색 없이, 자신의 페이스대로 느긋하게 헤엄친다. 가쓰라 코치에게 "바로 위로 팔을 올리지 마세요"라는 지도를 받았을 때, '위'가 어딘지 고민하다가 몸

4 헤엄쳐서는 안 된다

이 뒤집힐 뻔한 내 옆에서 혼자 침착하게 잠수함의 잠망경처럼 팔을 똑바로 세우며 헤엄치는 모습이 눈부시게 빛났다.

— 코치님이 하는 말 듣고 계세요?

단도직입으로 그녀에게 물었다.

"물론이죠. 하지만 헤엄칠 때는 아무 생각도 안 해요."

— 한 귀로 듣고 한 귀로 흘린다는 말씀이세요?

"그렇지는 않아요. 수영하다가 종종 '아, 코치님이 한 이야기가 이거구나' 하고 생각나거든요."

생각하는 것이 아니라, "생각난다"라는 경지다. 생각하는 것은 의지가 필요하지만, 생각나는 것은 자연발생이다. 의지가 금물인 물속에서는 생각하지 말고, 생각나야 한다. 무슨 일이든 생각나려면 일단 잊어야 한다. 물에 들어간 순간에 잊고, 방금 들었던 이야기도 땅 위에서의 어렴풋한 '추억'으로 바꾸는 것이다. 그건 그렇고, "아시겠어요? 모르면 모른다고 확실하게 말하세요"라고 반드시 확인하는 가쓰라 코치의 이야기를 잊을 수 있다는 게 놀랍다. 이것도 물이 가져다주는 효과인 걸까?

"아, 그거 해야 하는데, 하고 갑자기 용건이 생각나기도 해요.”

문득 생각났다는 듯이 가키모토 씨가 말한다. 육지에서 미처 다하지 못한 일을 떠올린다는 것이다.

신기하게도 다른 수강생들에게 물어보니 다들 수영하면서 볼일을 떠올리고 있었다.

“‘맞다, 오늘 오후에 그게 있었지’ 하고 떠올라요.” (나카무라 씨)

“헤엄치면서 벽시계를 힐끔 봐요. 지금 몇 시인지 확인하고, 이 뒤에 뭐 해야지 하고 생각해요.” (스즈키 씨)

실제로 나도 헤엄쳤던 때는 일 생각을 떠올리고 있었다. 즉 수영은 헤엄치겠다고 생각하는 것이 아니라, 무언가 다른 일을 떠올려야 하는 것이다.

—보통 어떤 볼일을 떠올리세요?

가키모토 씨에게 물었다.

“저 같은 경우에는 시시하고 별거 아닌 일들을 떠올려요.”

—예를 들면요?

“내일 점심 메뉴 같은 거요.”

—오늘이 아니라, 내일이요?

4 헤엄쳐서는 안 된다

"네. 왜인지는 몰라도 내일 점심이에요."

―왜죠?

"글쎄요, 왜일까요?"

참고로 가키모토 씨는, 고등학교를 졸업할 때 엄격했던 체육 선생님으로부터 수영은 배워놓으라는 말을 들었다고 한다. 그 추억을 계기로 수영 강습을 받게 되고, 물속에서 많은 일을 떠올리고 있다. 추억을 헤엄치고 있는 것이다.

―헤엄칠 때, 기분은 어떠세요?

"물속은 정말 기분 좋아요. 아무것도 생각하지 않아도 되니까. 날씨가 좋은 날은 빛이 반짝반짝해서 굉장히 예쁘거든요. '아 예쁘다, 계속 여기 있고 싶다'라고 생각할 때도 있어요."

가키모토 씨가 황홀한 표정으로 말했다. 나카무라 씨도 헤엄치다가 종종 재밌는 일을 떠올리고 웃는다고 했다. 육지에서의 추억에 잠기는 수중 관광여행을 한다는 생각으로 헤엄치면 되려나, 하고 나는 힌트를 얻었다.

"물고기도 아마 아무 생각이 없지 않을까요?"

수족관 사육사인 하세 씨가 고개를 기울이며 웃었다.

—그런가요?

나도 고개를 갸웃거리며 반응을 살폈지만, 그녀는 웃고만 있다.

나는 지금 도내 수족관에 와 있다. 물고기들은 헤엄치려고 하는지 아닌지 확인하고 싶어졌기 때문이다. 폐관 직전의 수족관은 인적도 드물어서 수조 앞에 설 때마다 물고기들이 나를 바라본다. "왜?" 하고 내게 묻는 것 같다. 물고기라고 하면 흔히 헤엄치는 생물이라고 생각하기 쉽지만, 막상 이렇게 보면 물고기들은 결코 헤엄치지 않는다. 가령 열대 민물고기 등은 그 자리에 가만히 있으면서 미동도 하지 않는다. "너 지금 뭐 하니?"라고 묻고 싶어질 정도인데, 그건 피차 마찬가지일 테다.

물론 움직이는 물고기도 있다. 하지만 그들도 헤엄치는 모양새는 아니다. 이따금 몸을 부르르 떨고 앞으로 쓱 나아갈 뿐이다.

—지느러미로 헤엄치는 게 아니었나요?

하세 씨에게 물었다.

"꼬리지느러미에는 근육이 없어서 스스로 움직일 수

4 헤엄쳐서는 안 된다

없어요. 그래서 물고기는 몸을 움직여서 앞으로 갑니다."

그렇군, 물고기는 지느러미가 아니라 몸을 흔들어서, 그 물결로 나아간다. 인간으로 치환하면, 팔다리가 아니라 허리를 써서 앞으로 가는 것이다. 나는 참지 못하고 그 자리에서 허리를 털었다.

─이렇게 말이죠?

"네, 맞아요."

하세 씨가 고개를 끄덕인다. 그녀는 네 살 무렵부터 수영을 시작했는데, 그만하라고 할 때까지 언제까지고 헤엄칠 수 있는 사람이라고 한다.

"물고기에게서 배울 점이라면, 물의 저항은 적을수록 좋다는 것이네요."

물고기는 몸을 부르르 떨고 나서, 꼬리지느러미 이외의 지느러미를 접고 완벽한 유선형으로 나아간다. 방향을 바꾸거나 멈추고 싶을 때 가슴지느러미 등을 펼친다. 그것도 최소한의 움직임으로.

가장 참고할 만한 것은, 어류가 아니라 바다표범이었다. 그들은 몸을 아주 살짝 떨었을 뿐인데 앞발을 몸에 밀착시킨 채 놀라운 속도로 나아간다. 앞으로 나아가면서 나와 눈을 마주치고 "뭐?" 하고 질문하는 여유도 있다. 거의 아무것도 안 하고 쉬는 것 같지만, 자세히 보면 추억에 잠긴 것 같기도 한데, 분명 운동량이 적어서 통통하게 살찐 것일 테다.

헤엄치면 안 된다. 이때 처음으로 가쓰라 코치가 한 말의 의미가 이해되었다. 물속에서는 조금만 움직이고, 나머지는 그냥 뻗어 있으면 된다.

이 수족관에서 유일하게 헤엄치는 것처럼 보인 건 정어리 떼였다. 원통형 수조에 들어 있는 정어리들은 입을 뻐끔거리면서 끊임없이 수조를 빙글빙글 돌고 있었다. 나는 쳐다보지도 않고, 앞다퉈 일심불란하게 헤엄치고 있다. 몸을 떨고, 뻗어서 나아가는 완급 조절 없이, 온종일 몸을 흔들고 있다. 다른 볼일도 없는지, 보기만 해도 이쪽이 힘들어진다.

─정어리들은 계속 헤엄치는 겁니까?

"네."

─잠은 안 자나요?

"정어리들은 자면서도 계속 헤엄쳐요."

─왜죠?

4 헤엄쳐서는 안 된다

"안 그러면 죽거든요. 정어리들은 저렇게 물살을 향해 헤엄치고, 입을 뻐끔거리면서 산소와 먹이를 섭취하고 있어요. 그러니까 멈추면 죽는답니다."

죽음을 두려워하며 필사적으로 헤엄치려고 애쓰는 정어리. 한자로 쓰면 '鰯', 즉 연약한 물고기다. 생물학적 근거는 없지만, 그들은 무리가 모두 그렇게 하니까, 그에 맞춰서 계속 헤엄칠 뿐인 것 아닐까? 멈추면 죽는 줄 알고 버둥대는 것 아닐까? 그렇다면 불쌍하기 짝이 없다. 그 허둥대는 모습에 초등학교 시절의 수영 수업이 겹쳤다. 다들 일제히 물보라를 일으키며 풀을 오가는 모습. 학교에서 가르치는 수영은 정어리를 육성하는 교육이었던 것이 틀림없다. 마치 제 모습을 보는 듯해서 나는 안타까워졌다.

이런 물고기는 되고 싶지 않았다. 나는 제대로 사람과 눈을 맞출 여유가 있는 민물고기나 바다표범처럼 되고 싶다. 간절한 바람이 솟구친다.

"정어리는 그렇다 치고, 물고기들이 생각을 한다면…"

하세 씨가 생각났다는 듯이 덧붙였다.

"편안함일지도 모르겠네요. 사람이 쳐다보면 불편해져서 바위 뒤에 숨기도 하니까요. 그리고 같은 곳에 가만히 있으면 뭔가 기분이 안 좋으니까 움직이는 거 아닐까요? 개중에는 변덕스러운 애들도 있으니까요."

헤엄치는 건 이제 관두고, 물고기를 본받아 물의 편안함을 제대로 만끽하기로 하자.

수업이 시작되기 전, 나는 혼자 풀에 엎드려 떠 있었다.

변함없이 물은 일렁이고 있지만, 헤엄치려고 하지 않으면 그건 그것대로 상관없다는 생각이 들었다. 시험 삼아 두 다리를 쭉 뻗은 채 번갈아 발차기를 해봤다. 일렁임이 한층 더 커져서, 내 몸이 뒤집힐 듯이 흔들렸다. 내가 흔들리는 것인가. 물이 흔들리는 것인가. 구분해서 생각해봤자 소용없다. 함께 흔들리는 것이다.

"너무 애쓰면서 헤엄치지 마세요."

가쓰라 코치가 와서 상냥하게 말했다.

—왜요?

"그렇게 하면 지치니까요. 보는 사람까지 피곤해져요."

편하고 아름답게. 남의 눈까지 배려하는 가쓰라 코치는 역시 정어리가 아니었다.

"헤엄치면 다리부터 피곤해지니까, 다리는 거의 안 움

4 헤엄쳐서는 안 된다

직이셔도 돼요."

―안 움직여도 된다고요?

"네."

가쓰라 코치가 딱 잘라 대답했다.

―그러면 어떻게….

"지금 양다리를 쭉 펴고 모으려고 하고 있잖아요?"

가쓰라 코치가 물 위에 누워, 양다리를 가지런히 모으고 뻗었다.

―네.

"그런데 모으려고 해도 몸을 움직이다 보면 다리가 좀 벌어져버리죠?"

확실히 그렇다.

"그렇게 되면 다시 모으세요. 그러면 됩니다."

다리가 벌어지면 다시 모은다. 가위 같은 모습이 상상되는데, 몸이 좌우로 흔들리면 각도가 바뀌기 때문에, 발차기와 같은 효과가 있다고 한다.

"자, 가보세요."

가쓰라 코치의 배웅을 받으면서, 나는 벽을 찼다.

이제 발차기를 안 해도 되니까 편했다. 뒤를 신경 쓰지 않으니, 마음이 앞으로 나아간다. 다리가 벌어진 느낌이 들면 모아야 하지만, 그런 느낌이 들지 않으니 이제 아무것도 하지 않는다. 그저 상반신만 천천히 뻗어 있다, … 뻗어 있다, …하고 반복한다.

그러자 이게 무슨 일인가? 다리 쪽이 둥실 떠올랐다.

다리가 일렁일렁 흔들린다.

물속에서 내 다리가 미역처럼 일렁이고 있다. 그 일렁이는 느낌이 점차 위로 올라와, 이윽고 전신이 일렁였다.

마치 요람에 누워 있는 것 같았다. 왜인지 호흡 걱정도 사라졌다. 요람이 오른쪽으로 올라갔을 때 저절로 공기가 들어오기 때문이다.

졸리다.

어쩐지 졸음이 몰려왔다. 이대로 잠들기는 아깝다. 일렁임을 유지하기 위해, 물에 맞춰서 천천히 허리를 흔들었다. 요람을 즐기는 아기처럼. 아, 편하다. 이 흔들림에 맞춰 팔을 번갈아 뒤로 보내면 된다.

"잘하고 있어요. 잘하고 있습니다!"

가쓰라 코치가 외쳤다.

—이해됐습니다!

4 헤엄쳐서는 안 된다

나는 벌떡 일어나서, 저도 모르게 그렇게 말했다.

내가 헤엄치고 있는 것이 아니다. 물이 일렁일렁 흔들리면서 나를 헤엄치게 해주는 것이다.

"수영 재밌죠?"

—네. 이렇게 재미있을 줄 몰랐습니다.

가쓰라 코치, 고맙습니다. 덕분에 어류 대열에 끼게 되었네요. 나는 마음속으로 감사의 인사를 전했다.

풀에서 나와, 옷을 갈아입고 거리를 걸었다.

몸이 움찔거린다. 육지는 일렁일렁 흔들리지 않으니 움찔움찔한다. 공기에는 몸을 맡길 수 없으니, 몸 전체에 미세한 힘을 둘러서 균형을 잡고 있었던 것이다. 똑바로 서서 걷는 것이 몹시 부자연스러운 느낌이 들었다.

역으로 향하는 인파 속에서 문득 생각했다.

정어리 같다.

나는 발을 멈추고, 벌어진 양다리를 모은 다음 사람들을 배웅했다. 그리고 약간 안짱다리로 걸어서 집으로 향했다. '위'가 아니라 수평으로 나아가는 것은 좀 이상한 기분이라고, 물속을 떠올리면서.

변명하는 건 좋은 일입니다.

다카하시 씨, 수업 전에 "과음했다", "머리 아프다", "열이 난다" 등 다들 한차례 몸이 안 좋다고 호소하시잖아요. 사실은 그거, 좋은 일입니다. 몸이 안 좋은데, 어째서 그날 잘 헤엄칠 수 있었는지 아세요? "몸이 안 좋다"라고 말해서 자신의 마음을 편하게 만들었기 때문이에요. '오늘은 어차피 글렀어'라는 생각이 전제되니까, 딱 좋게 힘이 빠진 겁니다.

수업을 마치고 수영장에서 나갈 때, 여기 왔을 때보다 몸도 마음도 더 건강한 상태면 좋겠다고 저는 늘 생각하고 있답니다.

4 헤엄쳐서는 안 된다

5

나

예뻐?

"예뻐졌네."

"맞아, 엄청 예뻐."

25미터를 헤엄칠 수 있게 되자, 나는 다른 수강생들에게 그렇게 칭찬받았다. "잘 헤엄쳤다"가 아니라 "예쁘다". 수영은 잘하거나 못하는 것이 아니라, 예쁘거나 보기 흉한 것이다.

태어나서 지금까지 한 번도 남에게 예쁘다는 말을 들어본 적 없는 나는, 어떻게 대답해야 할지 몰라 물속에서 머뭇거렸다. 얼굴이 예쁘다는 말을 들으면 거울로 확인할 수 있다. 하지만 수영이 예쁜지 아닌지는 스스로 알 수 없다. 물속의 자신은 늘 움직이고 있어서, 그 자세를 객관적으로 어떻게 상상해야 할지도 모르겠다. 어쨌거나 예쁘다는 것이 어떤 상태인지 별로 감이 오지 않는다.

우연히 요코하마 국제 수영장에서 아름다움을 겨루는

5 나 예뻐?

싱크로나이즈드 스위밍의 연습을 본 적이 있다. 분명 아름다운 모습일 거라고 기대했는데, 현장에서 직접 보고 깜짝 놀랐다. 얼굴이 물 밖으로 나올 때마다 여성들은 무시무시한 표정으로 거친 숨을 토해내고 있었고, 마치 다 함께 물에 빠지려고 안간힘을 쓰는 듯한 모습에 보는 나까지 숨이 막혀왔다. 이렇게 정신없고 산만한 모습은 아름답다고 할 수 없다.

가쓰라 코치가 내게 알려줬다.

"아무리 못생긴 사람이라도 물에 들어가면 예뻐질 수 있습니다."

나도 그렇다는 의미일까?

"얼굴이나 몸매가 예쁜 게 아니에요. 부분이 아니라 전체가 예쁜 겁니다. 바로 그 사람 자체의 아름다움인 거예요."

생김새가 아닌, 존재 자체의 아름다움. 가쓰라 코치에 의하면, 예쁘기 위한 최소 조건은 다음의 두 가지다.

- 좌우 균형
- 리듬

이 두 가지를 겸비하면 수영이 예뻐 보인다고 한다. 그리고 또 있다.

"체구가 작은 사람이라면, 예쁘면서 귀여운 느낌을 줄 수 있어요. 팔이 잘 돌아가지 않는 사람이라면, 무리하지 않으면서 상냥하고 부드러운 느낌을 내는 거죠. '예쁘다' 한 마디로 뭉뚱그리고는 있지만, 사람마다 각자의 아름다움을 표현할 수 있어요."

우리는 속도나 기술을 겨루는 것이 아니다. 물속에서 살아가는 인간으로서, 아름다운 존재감을 연출해야 하는 것이다.

몸을 펴고, 허리를 흔든다. 수영의 기본을 배운 나는, 육지에서도 그렇게 움직이면서 생활하고 있었다. 걸을 때도 등을 곧게 펴고, 허리를 흔들어서 그 기세로 걷는다. 체중을 좌우로 흔들며 진자처럼 앞으로 나아가면 기분이 좋다. 이제부터 소풍이라도 가는 양 뭔가 들뜬 기분이 든다. 지금까지 나는 거울이라는 것을 거의 보지 않았는데, 이제는 쇼윈도에 내 모습이 비칠 때 힐끔 곁눈질하게 되었다. '나 예쁜가?' 하고 확인하는 것처럼. 그리고 물에서든 땅에서든 역시 허리가 중요하다고 중얼거리면

5 나 예뻐?

서 걷다 보면 점차 양손도 그에 맞춰서 흔들게 되어서, 정신을 차려보니 방정맞은 걸음걸이가 되어 있었다.

나, 이대로 괜찮은 걸까? 그런 생각이 들었지만, 어쨌거나 미지의 세계. 예단은 금물이다.

"그러면 지금부터 50미터 헤엄치세요. 단, 도중에 한 명이라도 일어서면 50미터 더 헤엄치셔야 합니다."

가쓰라 코치는 변함없이 엄격했다. "한 명"이라 함은 명백히 나를 가리키는 말이었기 때문에, 갑자기 긴장되기 시작했다.

선두에 지명되어, 나는 내심 걱정하면서 벽을 차고 앞으로 나아갔다. 도중에 서도 괜찮다고 하면 마음 편히 헤엄칠 수 있겠지만, 일어서면 안 된다고 생각하자 그것만으로 전신이 경직된다. 육지에서는 냉정하게 예쁘다는 것에 관해서 고찰할 수 있지만, 물속에 들어오면 그럴 여유가 없다.

어떻게든 25미터는 헤엄칠 수 있다. 하지만 반대편에서 되돌아오려고 몸을 돌리자, 왠지 모를 압박감에 휩싸였다. 왜일까? '왜?'라는 의문은 현재의 괴로움을 추인

하는 것이기에 더욱더 힘들어진다. 내가 일어서면 모두에게 폐를 끼치게 된다는 중압감도 덮쳐온다. 가쓰라 코치는 "참으세요"라고 말하지만, 물속에서 '참아야지'같이 쓸데없는 생각을 하는 것도 금지하고 있다. 생각을 안 하면 '인내'도 할 수 없는 거 아닐까? 그렇게 생각하면서 나는 일어섰다.

왜?

가쓰라 코치가 의아하다는 얼굴로 쳐다본다. 나도 묻고 싶다. 이 압박감이 대체 무엇인지.

"물결입니다."

가쓰라 코치가 시원스럽게 대답했다.

"갈 때는 앞에 물결이 없습니다. 하지만 돌아올 때는 다른 사람이 반대편에서 헤엄치고 있어서, 그 물결이 오는 거예요. 그뿐입니다."

수강생들이 연이어 일으킨 물결에 나는 떠밀리고 있었던 것이다. 보기에는 잔물결이지만, 물속에서 뒤집어쓰면 온몸을 위에서 내리누르는 듯한 느낌이 든다. 섬세한 나로서는 이런 상황의 변화를 견디기 힘들다.

차례로 수강생들이 골인했다. 누구도 압박감 따위는 개

의치 않는 모습이다.

내 눈이 휘둥그레지게 만든 사람은, 마지막으로 헤엄쳐온 스도 씨였다.

얼마 전까지 전혀 수영을 못했다던 스도 씨의 수영은 표면상 거의 보이지 않는다. 모두 다 수영을 끝낸 줄 알았는데, 저 멀리서 조용한 물결이 퍼지기에 자세히 들여다보니 스도 씨였다. 이따금 한쪽 팔이 올라갔나 싶으면 사라진다. 얼마 뒤 또 한쪽 팔이 올라온다. 수영한다기보다는, 밀기울°이 수면 위를 떠돌고 있는 것 같다. 기본적으로 피하지방이 많은 여성은 아무것도 하지 않아도 느긋하게 떠 있을 수 있다고 하는데, 이런 모습을 보고 "우아하다"라고 하는 것일 테다.

"예쁘다."

"응, 무척 예뻐."

다들 박수로 스도 씨를 맞이했다. 그녀는 물과 함께 있는 것을 즐기고 있다. 이런 것이 바로 상냥하고 부드러운 수영이다. 나도 예쁘다면서 동조했지만, 가벼운 질투심이 일었다. 나도 물결의 압박만 없으면, 하고 말하고 싶다.

° 밀을 빻아 체로 쳐서 남은 찌꺼기.

"사실 25미터 헤엄치면, 이제 됐다고 생각하죠?"

후지타 씨가 귓가에서 속삭였다.

─그런 건 아닌데요….

"아니야, 확실해. 그러니까 도중에 일어서는 거예요."

─아닙니다.

정색하고 대답한 뒤, 정곡을 찔렀다는 사실을 깨달았다. 그래, 나는 스도 씨와 다르게 물에서 도망치려고 하고 있다. 일어선다는 것은, 빨리 육상 생활로 돌아가려는 마음이 있기 때문이다.

"더 힘차게 하세요!"

물에 맞서라는 듯이 가쓰라 코치가 내게 지시했다. 예쁘고 힘차게 헤엄치라고. 그토록 힘주지 말라고 했으면서. 게다가 '힘차게'는 피곤할 것 같아서 싫었다.

─상냥하고 예쁘게 하고 싶은데요….

"그 몸으로 무슨 소리 하시는 거예요!"

가쓰라 코치가 어이없다는 표정을 짓는다.

─….

"기분 나빠, '상냥하게' 라니."

후지타 씨까지 그렇게 말했다.

5 나 예뻐?

―그런가요?

"그래. 다카하시 씨의 상냥함은, 심지가 없는 상냥함이야."

심지가 없으니 잔물결에도 지고 만다. 상냥한 척하기만 해서는 아름다움의 파도를 넘을 수 없다.

"얼른 가요."

언제부터인가 후지타 씨는 가쓰라 코치보다 엄격한 말투를 쓰게 되었다.

―아니, 저, 후지타 씨 먼저 가주세요.

"무슨 소리 하는 거야, 남자잖아."

―남자니 여자니 하는 문제가 아니라….

"남자가 먼저 가야 해."

―왜 그런데요?

"꾸물거리는 남자를 보면, 앞지르고 싶어지거든."

요컨대 나는 코스에 뜬 부표 같은 존재이고, 예쁘게 수영하는 여성들이 앞질러야 할 표적이었다.

물속에서 '힘'이란 대체 무엇일까?

수영장에서 소외감을 느낀 나는, 수영장 근처의 찻집

에서 가쓰라 코치에게 개인 수업을 받기로 했다. 여기라면 비난받지 않고 냉정하게 고찰할 수 있다.

"테이블 위에 손을 올려보세요."

육지에 올라온 가쓰라 코치는 물속과 거의 변함없는 말투였다. 코치의 말대로 오른손을 테이블에 올렸다.

"그대로 손에 힘을 줘보세요."

시키는 대로 힘을 넣는다. 코치가 가만히 쳐다보기에 이를 꽉 깨물고 힘을 넣자, 테이블이 덜컹덜컹 소리를 냈다.

"지금 테이블을 내리누르셨죠?"

—네.

"아무도 테이블을 누르라고 하지 않았는데, 누르셨어요."

그렇다.

"사람은 힘을 주려고 할 때, 반드시 아래로 내리누르려고 합니다."

의자에 앉은 채 다리, 무릎, 팔꿈치에 차례로 힘을 넣어보니, 확실히 아래, 즉 중력 방향을 향하고 있다. 계속 힘을 주면, 몸은 점점 오그라들다가 결국 동그래져서 지면을 굴러가게 된다. 아르마딜로 같은 것이다.

"물속에서 힘을 주면, 물을 내리누르게 됩니다. 그러니까 힘을 주면 안 돼요."

—힘을 주는 것이 아니라, 움직이면 되는 거군요?

성급하게 생각을 마치고, 나는 질문했다.

"움직이려고 하면 안 됩니다."

이것도 아니다.

—왜죠?

"그럼, 한번 손을 움직여보세요."

나는 테이블에 올려둔 오른손으로 주먹을 쥐었다가 폈다.

"지금 손을 움직이셨죠?"

—네.

"하지만 손 이외에는 전부 고정하고 계셨죠."

손만 생각하고 있었기 때문에, 확실히 다른 곳은 멈춰 있었다.

"몸의 어딘가 일부분을 움직이려고 한다는 것은, 사실 그 외의 부분을 고정한다는 소리입니다. 수영은 전신으로 헤엄을 쳐요. 그러니까 어딘가를 움직이려고 하면 안 됩니다."

─그러면 어떻게 해야 할까요?

가쓰라 코치가 웃는다.

"이 컵을 잡아보세요."

가쓰라 코치는 천천히 커피가 든 종이컵을 내 왼쪽 대각선 앞쪽에 놓았다. 대수롭지 않은 일이다. 왼팔을 뻗어서 잡는다.

"여기는요?"

그렇게 말한 코치는 더 멀리 떨어진 곳에 컵을 놓았다. 왼팔을 더 뻗어서, 간신히 잡았다.

"그럼 여기는?"

넓은 테이블의 모퉁이. 팔을 뻗어도 손가락으로 겨우 닿을 정도라서 절대 못 잡는다. 팔을 쭉 뻗고 있으니 팔이 저려온다.

─무리입니다.

"그렇지 않아요. 반대쪽 손으로 잡으면 됩니다."

도대체 무슨 말을 하는 건가. 왼쪽 대각선에 있는 컵은 당연히 왼손에서 더 가깝다. 왼손으로 못 잡는데, 그보다 먼 오른손으로 잡을 수 있을 리 없다.

"자, 어서 오른손으로 잡아보세요."

안 되리라 생각하면서 오른손을 뻗자, 잡혔다. 왜지? 자신의 몸을 내려다보니, 몸을 비틀고 있다. 몸을 비트니 오른쪽 어깨가 앞으로 쑥 나와서 팔이 더 앞까지 늘어난 것이다. 나는 마술을 본 것처럼 깜짝 놀라서 거듭 확인했는데, 역시 늘어난다.

"팔이 늘어난 게 아니에요. 팔은 그 길이 이상으로는 늘어나지 않습니다. 늘어난 것은, 옆구리 아래부터 허리에 걸쳐 위치한 근육이에요. 이것을 외복사근이라고 합니다."

그렇군, 여기가 늘어나는구나 하고 나는 옆구리 밑을 쓰다듬었다.

"이것도 잡아보시겠어요?"

그렇게 말하고, 가쓰라 코치는 내 왼쪽 옆에 있는 테이블에 컵을 놓았다. 나는 있는 힘껏 몸을 비틀면서 오른팔을 뻗었다. 아슬아슬하게 안 닿는다.

─안 닿습니다….

"왼쪽 어깨를 당기세요."

그러자 이게 무슨 일인가? 오른손이 3센티미터 정도 더 앞으로 늘어났다. 반대쪽 어깨를 당기니 몸이 열려서,

아주 쉽게 몸을 비틀 수 있다. 이렇게 하면 가슴의 답답함이 사라진 것처럼 숨 쉬기도 쉬웠다.

"이게 바로 수영입니다. 힘은 넣지 않는다. 옆구리를 늘리고 몸을 비튼다. 이게 물속에서 힘을 만들어냅니다."

나는 그 자리에서 좌우 번갈아 옆구리 아래를 늘리고 몸을 비틀었다. 가면라이더의 변신 포즈 같다. 이렇게 하면 되는 거였구나. 기쁜 나는 컵을 향해 공중을 헤엄쳤다.

"자다가 몸을 뒤척이는 것과 같습니다. 몸을 뒤집을 때, 팔이나 다리로 넘어갈까요? 아니요, 그건 몸을 비트는 겁니다. 외복사근을 늘리니까, 몸을 뒤집는 거예요."

의자 등받이에 몸을 맡기고 눈을 감아봤다. 실제 뒤척임은 무의식으로 하는 행동이라 재현할 수 없지만, "하아아" 하고 나른한 한숨을 내쉬자, 몸이 자연스럽게 뒤틀린다. 확실히 팔이 아닌 옆구리 아래가 늘어나고 몸이 뒤틀려, 그로 인해 팔이 이동해서 그 무게로 몸이 뒤집힌다. 인간의 움직임은, 팔다리의 미세한 근육보다 외복사근처럼 커다란 근육을 쓰는 쪽이 더 편하다.

물속에서는 옆구리를 해방할 것.

지금까지의 육지 인생에서 나는 매사에 빈틈이 많다는

소리를 들어왔다. 그동안은 제 몸을 지키기 위해 옆구리에 팔을 딱 붙이고 긴장된 자세로 살아왔지만, 더 이상 그럴 필요가 없다. 느슨하게 풀어주면 된다.

―그런데 허리는 안 움직여도 되나요?

"다카하시 씨는 이렇게 움직이고 계세요."

가쓰라 코치는 자리에서 일어나, 내 흉내를 냈다. 훌라댄스처럼 허리만 꿀렁꿀렁 움직인다. 바보 같다는 듯이 코치는 허리를 흔들었다.

―제가 그런 느낌인가요?

"네. 이래서는 아무 소용이 없어요. 이렇게 하는 것이 아니라, 이렇게 하는 겁니다."

가쓰라 코치는 허리를 꼿꼿이 세우고, 양팔을 수평으로 벌린 다음 몸을 좌우로 비틀었다.

"보세요, 이렇게 하면 외복사근이 늘어나죠?"

찻집 손님들도 쳐다보는 가운데, 가쓰라 코치는 계속 몸을 비틀었다. 이 옆구리의 해방이 물속에서는 엔진이 된다.

그건 그렇고, 가쓰라 코치의 이 신체감각은 도대체 어디서 오는 걸까?

가쓰라 코치는 수영선수 은퇴 후, 큰 사고를 당했다. 빨간불에 정차 중 트럭이 뒤에서 들이받아, 앞에 서 있던 차 사이에 끼어버린 것이다. 전신타박상으로 인해 그녀는 한동안 몸을 전혀 움직일 수 없었다. 움직이려고 하면 전신에 극심한 통증이 느껴져서 누워 있을 수밖에 없었던 모양이다. 그래서 가쓰라 코치는 아픔을 참으며 수영장에서 재활을 했다고 한다.

"움직일 수 없게 되고 처음으로 몸을 움직인다는 것이 어떤 일인지 알게 됐습니다. 어딘가가 움직인다는 것은, 결과적으로 그렇게 보이고 있을 뿐, 그곳을 움직이는 것이 아니었어요."

일반적으로 수영은 팔을 뻗고, 어깨를 돌리고, 발로 차서 앞으로 나아간다고 여겨진다. 하지만 가쓰라 코치에 의하면, 그것들은 겉으로 보이는 결과에 불과하다. 전신의 힘을 빼고, 옆구리를 번갈아 늘리면서 몸을 비튼다. 이를 반복하면, 결과는 저절로 나타난다.

"누가 '예쁘게 수영하시네요'라고 하면, 이렇게 대답하시면 됩니다. '아니요, 수영하는 게 아닙니다. 저는 그냥 몸을 늘리고 있을 뿐이에요'라고."

―그렇군요.

5 나 예뻐?

"왜냐하면 그게 더 멋있잖아요."

보이지 않는 곳에서 노력하면서도 아무것도 하지 않는다고 시치미 떼는 것이 바로 아름다움의 기본이다.

"옆구리를 뻗으면, 기분이 좋죠."

옆구리 아래를 쓰다듬으며, 체구가 작은 핫토리 씨도 고개를 끄덕였다. 핫토리 씨는 사십 대 전업주부다. 간신히 25미터를 헤엄칠 수 있는 모양인데, "이만하면 괜찮지"라며 자신만만하다.

"예를 들면, 텔레비전 뒤."

ㅡ텔레비전 뒤요?

"응. 텔레비전 뒤쪽을 걸레질할 때, 틈이 좁잖아요. 거기에 손을 쑤셔 넣고 멀리까지 쫙 뻗으면 기분 좋아요."

내게는 신선했던 옆구리 아래의 움직임은, 가사의 세계에서는 예사로 사용되고 있었다.

ㅡ기분이 좋나요?

"뭔가 후련해요. 구석까지 닿았다는 성취감도 있고."

핫토리 씨는 그 밖에도 빨래 장대, 천장 근처 벽 등 손이 닿을 듯 안 닿는 장소를 걸레질하면서 같은 쾌감을 얻는다고 한다.

"남자들은 대부분의 사물에 손이 닿잖아요. 힘이 있으니까 움직일 수도 있고. 나처럼 작고 힘없는 사람은 그게 안 되거든요. 여기를 늘려야 해결할 수 있어요."

핫토리 씨가 옆구리 아래를 어루만진다.

―속상하세요?

"왜 내가 청소해야 하는 걸까 생각하기는 해요. 하지만 그러면서도 기분은 좋아요."

테이블을 닦을 때도 핫토리 씨는 어디 설지 위치를 정한 다음, 거기서 크게 좌우로 몸을 비틀어 구석구석까지 걸레질한다. 세세하게 움직여서 닦는 것이 귀찮기는 하지만, 이렇게 하는 편이 몸이 늘어나서 개운하다고 한다. 핫토리 씨는 육지에서도 헤엄치는 것이다.

"게다가 나는 온종일 어딘가 아파요. 통증을 낫게 하려면 거기를 늘리는 게 제일이에요."

요통, 손발 저림, 베인 상처까지 그녀는 늘린다. 늘리면 더 아프지만, 원래의 통증과 늘린 통증이 겹쳐서, 통증의 근원이 사라지고 완화되는 모양이다. 잘 모르겠지만, '어쨌거나 늘리는 것이 중요'하다.

5 나 예뻐?

—턱걸이 운동기구 같은 것을 써서 늘리면 안 되나요?

"안 돼요."

—왜죠?

"밑으로 떨어지잖아요. 밑으로 늘어나면 안 돼요. 나는 위로 늘어나고 싶어. 거슬러 늘어나고 싶은 거예요. 그래, 날고 싶어요."

팔을 치켜들고, 당장이라도 헤엄쳐 나갈 듯한 기세로 핫토리 씨는 말했다.

평소 억눌려 있다고 느끼기에, 분명 이토록 시원스럽게 몸을 늘리는 것일 테다.

인간의 선조는 수생 유인원이었다는 진화론이 있다.

일반적으로는 수렵 생활을 하던 유인원이 생활상의 필요(멀리 보고, 싸우는 것)로 인해 직립보행을 하게 되면서 인간이 되었다고 여겨지는데, 이 가설은 그것을 정면으로 부정한다. 유인원은 바다를 헤엄치던 중 일어서는 것을 배웠고, 인간이 되어 육지로 올라온 것이라고.

증거 중 하나는 '서맥'이라는 현상이다. 바다표범이나 비버 등 수생 포유류는 육지에 있을 때보다 물속에 있을 때, 심박수가 낮다고 한다. 숨을 쉬지 않아도 산소 부족에 빠지지 않기 위한 생리적 메커니즘이다. 이 서맥이 왠지 우리 인간에게도 있다고 한다. 나처럼 물을 무서워하는 사람은 오히려 심박수가 높아지겠지만, 보통은 낮아지는 모양인데, 그것이 바다 생활의 흔적이라고 한다.

이 가설을 열심히 주장하는 사람이, 영국인 일레인 모건이다. 그녀에 의하면, 인류와 남성이 똑같이 MAN이라는 단어로 표현되는 것이 인류 진화를 고찰하는 데 있어서 편견을 낳는다고 한다.

유인원 중에는 암컷도 있다. "야생 상태의 성숙한 암컷은 대체로 새끼를 임신했거나, 갓 태어난 새끼에게 젖을 주고 있거나, 점점 무거워지는 새끼가 있어서 자유롭게 움직일 수 없거나 중 하나"(《여성의 유래 또 하나의 인류 진화론》, 일레인 모건 저, 모치즈키 히로코 역, 도부쓰사, 1997.)였다. 수렵만 하면서 살았던 것이 아니라, 출산과 육아에도 쫓기는 날들이었다. 열파와 가뭄에 시달렸던 플라이오세(기원전 약 500만 년~200만 년)에는 식량도 구하기 힘들어, 암컷들은 견디기 어려웠다고 한다. 그래서 그들은 도피처로 바다를 택했다.

5 나 예뻐?

바다에 들어가면 육식동물의 습격도 피할 수 있고, 조개나 물고기와 같은 식량도 있다. 암컷들은 조개를 먹기 위해 조약돌을 사용하다가 '도구의 발견'에 이른다. 수영하던 중 물속에서는 쓸모없는 체모를 잃고, 그 대신 물과의 단열재로서 피하지방을 갖추었다. 그리고 물속에서 얼굴을 내미는 자세를 통해 자연스럽게 직립 자세를 배웠다. 그것을 보고, 뒤늦게 온 수컷들이 그 흉내를 냈다.

즉 물에 의한 암컷 유인원의 해방이야말로 인간이 인간일 수 있었던 까닭이다. 여성의 선도로 인간은 바닷가에서 탄생한 것이다. 일레인 모건은 이렇게 말했다.

우리들의 비극은, 수백만 년을 물속에서 살다가 수생 생활에 적응한 수많은 흔적을 저도 모르게 몸에 주렁주렁 단 채 무리를 지어 육지로 돌아온 데서 시작됐다. (위의 책)

여성이 물에 가서 진화를 이루어냈는데, 남성이 육지로 돌아와 손발의 근력에 의존해 육지 생활을 지배했다. 이것이 부자연스럽다고 그녀는 말한다.

물에서 도망치고 싶다. 수영장에서의 내 원점이 여기

에 있는 듯한 기분이 들었다. 나는 분명 지배권을 잃게 될까 봐 두려운 것이다.

우먼 리브° 같은 진화론이었던 탓에, 이 가설은 이단으로 여겨지고 있다. 《털 없는 원숭이》로 유명한 데즈먼드 모리스도 이 가설을 인정하고는 있지만 "그 이상 파고드는 것을 주저했다." (위의 책)

그에 대한 일레인 모건의 지적은 흥미롭다.

(데즈먼드 모리스는) 일곱 살 무렵 하마터면 물에 빠질 뻔했다는 그의 경험이 그림자를 드리우고 있는 것일지도 모른다. 그 마음의 상처 탓에 이후 삼십 년이라는 세월 동안 도무지 수영을 배우려는 마음을 먹지 못했던 모리스에게, 물처럼 몹시 위험한 요소조차 이용할 수 있도록 우리가 만들어졌다는 사실을 인정하기란, 필시 대단히 어려운 일이었을 것이다. (위의 책)

수영을 못하는 남성은 이 가설을 이해하지 못할 것이

° 1960년대 후반부터 70년대 전반에 걸쳐 미국을 비롯한 자본주의 선진국에서 일어난 여성해방운동 'Women's Liberation'의 약칭.

5 나 예뻐?

라는 반론이다.

　요컨대 불만이 있다면 수영해봐라. 그녀의 말을 빌리자면, "우리 여성들이 할 일은, 그들에게 자비 넘치는 손길을 내밀며 이렇게 권하는 것뿐이다. '어서 오세요. 물속은 정말로 멋지답니다'"(위의 책)라는 것이다.

　내 앞에서 수강생들이 아름답게 헤엄치고 있다.

　따라 하려고 하는데, 아무래도 근본적으로 뭔가 다른 것 같은 느낌이다. 육지에서는 옆구리 아래를 늘리는 것이 이해됐지만, 물속에서 시도하면 발밑이 불안한 탓에, 옆구리를 늘리고 있는지 허리를 비틀고 있는지 알 수 없게 된다. 옆구리를 늘리면 허리가 비틀리는 것인가, 허리를 비틀면 옆구리가 늘어나는 것인가. 시도해보는 사이에 점차 몸이 마구 뒤틀리는 느낌이 들었다. 육지에는 '절차'라는 말이 있다 보니, 아무래도 움직임의 전후 관계가 신경 쓰인다.

　―허리와 옆구리 중 어디가 먼저인가요?

　가쓰라 코치에게 묻자, 이렇게 대답했다.

　"거의 동시입니다."

수영은 순서대로가 아니라 '거의 동시'에 전신이 움직여서 나아가는 것이다. '동시'라면 알겠는데, '거의 동시'라는 뉘앙스를 몸으로 표현하기는 어렵다.

"뭐 하세요? 얼른 수영하세요."

가쓰라 코치가 엄격한 말투로 말했다. 지난번에는 옆구리를 늘리라고 했는데, 오늘은 허리를 써서 수영하라고 한다.

─저, 코치님. 매번 하는 말씀이 달라서 좀 헷갈립니다.

솔직하게 호소하자, 가쓰라 코치가 대답했다.

"인간은 똑같은 수영을 두 번 할 수 없습니다. 방금 했던 수영과 지금 수영은 달라요. 그러니까 괜찮습니다."

─….

"이런저런 말을 들으면, 오히려 잘 모르겠죠?"

나를 위로하듯이 스즈키 씨가 말을 걸어왔다.

─네. 도무지 모르겠습니다. 어떻게 하면 좋을까요?

"나는 항상 훈련해요."

─어떻게 말입니까?

"부엌에서 손으로 요리하면서 발은 제자리걸음을 걷고, 귀로 라디오를 들으면서는 전혀 상관없는 노래를 부

5 나 예뻐?

르는 거예요. 그리고 머릿속에서는 전혀 딴 일을 생각해요."

—그게 한 번에 다 가능하세요?

"물론이죠."

쇼토쿠 태자°도 한 걸요, 하고 스즈키 씨가 말한다.

—좀 더 간단한 방법은 없나요?

"글쎄요. 예를 들면, 차를 운전하다가 빨간불이 되면, 양손으로 혼자 가위바위보를 해요. 오른손이 왼손을 항상 이기게끔."

—그런 걸 하세요?

"네. 그렇게 해서 뇌를 활성화시키는 거예요."

스즈키 씨는 발가락까지 이용해서 4인 가위바위보도 할 수 있다고 한다. 흉내 내보려고 했지만, 처음에 뭘 내면 좋을지 몰라서 양손 다 주먹을 낸 채 나는 굳었다.

"뭐 하세요! 얼른 가세요!"

가쓰라 코치가 소리쳤다.

플라이오세의 수컷 유인원으로 돌아간 심정으로 나는

° 일본 아스카 시대의 황족, 정치가.

벽을 찼다. 그들도 아마 왜 이런 일을 겪어야 하는지 고민했을 것이다. 수컷 유인원은 암컷 유인원과 물의 압박감에 망연자실해서, 그러다가 저도 모르는 새 직립보행을 시작한 게 분명하다. 딱 지금의 나처럼.

일부러 표현을 바꾸는 겁니다.

다카하시 씨, "네, 알겠습니다"라는 말을 너무 많이 하세요. 사실은 이해 못 하셨죠? 헤엄치는 모습을 보면 알아요. 모르면, 모른다고 말씀하시면 될 텐데.

"가쓰라 코치는 매번 하는 말이 바뀐다"라고 다들 말씀하시잖아요. "코치가 또 진화했어"라고. 그건 말이죠, '바뀐' 것이 아니라 일부러 표현을 '바꾸고 있는' 거예요. 여러분의 진도를 보고 판단해서, 같은 동작을 시키더라도 그날그날 표현을 바꾸면 여러분이 더 '발전'하기 때문입니다. 여러 번 같은 말을 해도 모르는 사람에게는 다르게 표현합니다. 동작 하나에 표현하는 방법이 열 가지 정도는 있답니다.

6

무엇을 위해

수영하는가?

사람은 어떤 일을 해내면, 성취감을 얻는다. 전혀 수영을 못했던 내가 이렇게 25미터는 거의 확실히 헤엄칠 수 있게 되었으니, 충분히 그럴 만하다고 할 수 있겠다. 원래 나는 성취감을 얻기 쉬운 성격이라 10미터쯤 됐을 때 이미 그것을 얻었다. 그러니까 이제 된 거 아닐까. 올림픽을 목표로 하는 것도 아닌데, 왜 수영을 계속해야 하지?

　애초에 나는 대체 무엇을 위해 수영하는 것일까?

　물속에서 숨이 막힐 때면, 나는 항상 이 의문으로 되돌아갔다. 수영을 하는 목적. 그것을 우선 명확하게 하지 않으면, 도저히 앞으로 나아갈 수 없을 듯한 기분이 들었다. 목적이 있어서 수영을 하는 것이 아니라, 수영을 하다 보면 목적이 생길지도 모르지만, 내게는 그런 기색도 전혀 없고, 목적이 없다는 점이 일어설 '이유'가 되고 있었다.

　도쿄체육관 같은 곳에서는 수영하는 사람들을 격려하

기 위해, 매일 헤엄친 거리를 육지로 환산해서 '야마노테선 한 바퀴' 등으로 평가해주는데, 나로서는 '그냥 전철을 타면 될 텐데'라고 생각하고 만다.

수강생 중 한 명이 영화 〈포세이돈 어드벤처〉를 보라고 추천해주기도 했다. 즉 해난 사고를 당했을 때 인명구조를 하기 위해 헤엄칠 수 있어야만 한다는 것이다. 중요한 목적의식이 될 수 있겠다는 생각에 비디오를 대여해서 봤는데, 조금 상황이 달랐다. 전복한 배 안에서 전직 수영선수인 뚱뚱한 아줌마가 자신이 가겠다며 수몰한 선실 안을 헤엄쳐서 구조의 길을 연다. 하지만 그 직후 그녀는 심장마비로 죽고 만다. 오히려 수영을 못한다고 울부짖던 사람이 살아남아서, 과연 어느 쪽이 행복한 것인지 상당히 고민스러운 결말이었다. 어쨌거나 처음부터 바다에 가까이 가지 않으면 되는 일이니, 점점 더 무엇을 위해 수영하는지 알 수 없게 되었다.

가쓰라 코치의 수업은 진화를 거듭하고 있었다. 내가 이따금 쉬기라도 하면 진화 속도는 더욱 빠르게 느껴져, 그 엄청난 기세 때문에 무엇을 위해 수영하는지 물을 여유 따위는 없었다.

"몸의 중심선을 똑바로 하세요."

그날의 주제는 '똑바로'였다.

수영의 기본은 물속에서 몸을 똑바로 하는 것이다. 이렇게 하면 물의 저항이 적어서 원활하게 나아갈 수 있다. 이론은 알고 있다. 다만, 우리는 아직 그걸 못하고 있는 모양이다.

코치의 말에 따르면, 포인트는 세 곳이다. 머리, 꼬리뼈, 발꿈치. 팔다리를 움직이면서도 이 세 곳이 일직선이 되도록 해야 한다. 발로 킥을 할 때도, 차는 것이 아니라 이 직선에 발뒤꿈치를 되돌리듯이 킥을 한다.

문제는 이 직선이 보이지 않는다는 것이었다.

문제를 깨달았는지, 가쓰라 코치는 이렇게 지시했다.

"지금 그 자리에서 있는 힘껏 점프해보세요."

우리는 물속에 선 상태로 물보라를 일으키며 싱크로나이즈드처럼 점프했다.

현기증이 났다. 가볍게 점프한 셈이었는데, 엄청난 기세로 뛰어오른 것이다. 분명 부력의 도움을 받았을 테다. 내 시야는 수면 위로 높이 올라가, 지금까지 본 적 없는

각도에서 물의 모습이 눈에 들어왔다. 물을 내려다보는 느낌. 익숙해지자 트램펄린에서 뛰는 것 같아서 실로 기분이 좋다. "야호!"라고 외치고 싶어졌다.

─괴, 굉장합니다. 날고 있어요.

내가 환호성 내뱉자 가쓰라 코치가 설명했다.

"그렇죠? 점프할 때, 머리, 꼬리뼈, 발꿈치는 항상 일직선이 되어 있습니다. 몸을 굽힐 때도 뛸 때도 마찬가지예요. 그렇게 하지 않으면 점프할 수 없습니다. 우리는 무의식중에 그렇게 하고 있어요. 이게 '똑바로' 한다는 것입니다."

가쓰라 코치는 물 밖으로 나가 풀 사이드에 서서 점프 시범을 보였다. 구부러지는 것은 무릎과 팔꿈치뿐이고, 중심은 아름다운 일직선이다.

즉 이 자세를 옆으로 눕히면 된다는 말이다.

"이해하셨죠? 그러면 50, 가세요."

계속 점프를 반복하고 싶었지만, 가쓰라 코치는 바로 실천이다.

물속에 들어간 순간, 알 수 없게 되었다. 세로의 '똑바로'는 알겠는데, 가로의 '똑바로'는 모르겠다. 천장을 향해 점프하는 '그 느낌'과 지금 '이 느낌'은 본질적으로 다른 것 같아서 비교할 수 없었다. 헤엄치면서 무엇이 똑바로인지 자문자답하다 보니, '기준이 뭐지?'라는 질문이 머리를 스친다. 그리고 애초에 물속에는 아무것도 의지할 것이 없다는 사실을 떠올리고, 불안에 휩싸였다. 그래서 '적어도 발만이라도 확인하고 싶다'라는 간절한 바람으로 일어선다. '똑바로'를 추구한다면 일어서지 않을 수 없다. '똑바로'는 의존성이 높다. 어딘가가 단단하게 고정되어 있지 않으면, 나는 똑바른 상태가 될 수 없다.

"나도 그래요."

수강생 중 최고령인 아사쿠라 씨가 흥분한 목소리로 말했다.

ㅡ역시, 그렇죠?

"맞아. 똑바로 해야겠다고 생각하면 여기에 힘이 들어가버려요."

아사쿠라 씨는 그렇게 말하면서 오른손 중지를 세웠다.

ㅡ그런 곳에 힘이 들어가나요?

"네, 여기요."

이유는 짐작되지 않지만, 분명 아사쿠라 씨도 어딘가

6 무엇을 위해 수영하는가?

를 고정하고 싶은 것이다.

"나는 내가 똑바르다고 생각해버려요."

옆에 있는 스즈키 씨가 깔깔 웃었다. 스즈키 씨는 코치가 무슨 말을 해도 자신은 잘하고 있다고 생각해버리는 모양이다. 그러니 어디에도 힘이 들어가지 않는다. 완전히 자립하고 있어서, 본받아야 할 자신감이다.

"엉덩이를 조이면 돼요."

후지타 씨가 조언했다.

—엉덩이 말입니까?

"그래요."

나는 그 자리에서 엉덩이에 힘을 주었다. 뭔가 몸이 뒤로 젖혀지는 느낌이 든다.

"그게 아니라, 항문을 조여요."

—하, 항문이요?

나는 방귀를 참는 요령으로 항문을 조이려고 했다. 하지만 수압 탓인지 조금도 조이는 느낌이 들지 않고, 온몸에 힘을 주는 사이에 앞으로 자세가 기울어버렸다.

나는 일단 물에서 나와, 풀 사이드에 엎드려 누워서 '똑바로'인 상태를 확인했다. 그리고 그대로 바다표범처럼 주르륵 물에 들어가, 몸에 자를 대는 요령으로 풀 가장자리에 달라붙어서 '똑바로'를 유지해보려고 했다.

하지만 똑같이 엎드린 상태라도 육지와 물속은 감각이 전혀 다르다. '똑바로'인지 아닌지에 앞서, 육지는 타일이 딱딱하고 아프다. 특히, 턱이. 물속에서는 어디도 아프지 않지만, 몸이 녹아내리듯 자신의 자세를 알 수 없게 된다. 여성들은 이 부분에 의문을 느끼지 않는 것일까?

"심보가 비뚤어진 거 아니야?"

핫토리 씨가 웃으면서 지적했다.

—심보요?

"마음씨 말이야."

그런 소리까지 들을 이유는 없지만, 이렇게 코치의 지적에 일일이 멈춰 서는 나는, 역시 근본적으로 어딘가 비뚤어진 것일지도 모르겠다.

나는 한동안 수업을 쉬기로 했다. 헤엄치는 방법보다 정신적인 부분을 어떻게든 해야겠다고 생각했다.

우선, 혼자서 요코하마 국제 수영장에 나가봤다.

오랜만에 보는 거대한 50미터 풀. 평소 25미터 풀에 익숙해져 있어서 그런지, 마치 바다처럼 커 보인다. 게다가 이 풀은 물을 가장자리까지 가득 채워놓지 않아서, 바다 표범처럼 주르륵 입수할 수 없다. 두 손을 뒤로 뻗어 가장자리를 붙잡고 조심조심 입수하는 모양새가 되어, 뭔가 그릇 안에 들어가는 느낌이 들어서 기분 나쁘다.

벽을 차고 헤엄치기 시작하는데, 50미터는 멀어서 아무리 헤엄쳐도 반대편이 가까워지지 않는다. 엄격한 가쓰라 코치나 수강생들의 눈치를 보지 않고 느긋하게 수영할 수 있으리라 기대했는데, 아무도 나를 보고 있지 않다고 생각하니 허무함이 솟구쳐 올랐다.

무엇을 위해 수영하는 것일까?

전부터 품고 있던 의문이 더욱 선명해졌다. 수영해도 혼자, 일어서도 혼자. 수영복 한 장만 달랑 입고 있는 것마저 이상하게 느껴지기 시작해서 나는 집에 가기로 했다.

"고생하셨습니다."

풀에서 나와 로비에서 담배를 피우는데, 이마에 앞머리가 들러붙은 초로의 남성이 말을 걸어왔다. 조금 전까지 횡영처럼 보이는 독특한 스타일로 여유 있게 헤엄치던 사람이다.

—아, 고생하셨습니다.

서로 지친 모습은 아닌데 '고생하셨습니다'라고 인사한다. 이 사람이라면 이해해줄 것 같다고 나는 직감했다. 같은 남자이기도 하고.

—왜 수영하세요?

어리석은 질문인 줄 알면서도 물어보자, 그는 진지한 얼굴로 말했다.

"수영은 목적이 아닙니다. 어디까지나 수단일 뿐이죠."

수영 경력이 이십 년이나 된다고 하니, 그 비법을 알고 있을 것 같다.

"일부러 수영을 해서 굳이 헉헉대거나 색색댄다는 게 이상하잖아요."

내가 수영하면서 느낀 위화감이 바로 그것이었다.

—이상하네요.

"숨도 헐떡이면 안 됩니다."

—왜 안 되나요?

"지치거든요. 그러면 그 후에 성벽을 오를 수 없지 않겠어요?"

그가 말하고 있는 것은 '일본 영법' 이야기였다.

내가 배우는 크롤 영법은 원래 19세기 후반에 영국인이 개발한 것이다. 프레드릭 캐빌이 호주 원주민으로부터 힌트를 얻은 수영이 그 원형으로 여겨진다. 산업혁명 이후, 영국 각지에서 수영장이 건설되었고, 속도를 겨루는 내기가 행해졌다. 그런 가운데 프레드릭 캐빌은 '보다 빠르게'를 목표로 하여 크롤(원어는 '곤충이 기어가다', '엎드려 기다'라는 의미) 영법을 발전시켰다.

도박을 위한 외래 영법. 그렇게 생각하니, 내가 적응하지 못하는 게 당연한 것 같다.

크롤 영법 이전에 일본에는 일본 영법이라는 독자적인 수영이 있었다. 일본인의 원점. 거기까지 거슬러 올라가면 무언가를 손에 넣을 수 있을지도 모른다.

일본은 사방이 바다로 둘러싸인 섬나라다. 문득 생각하기에는, 그 때문에 독자적인 영법이 발달하지 않았을까 하고 추측되는데, 사실은 그렇지 않은 모양이다.

해안에 살아 바다와 친숙하고, 따라서 해상 활동이 많은 국민은 우선 어업을 생업으로 삼는다. 또한 문명이 진보함에 따라 해외와의 교역도 활발해지고, 군사력에 있어서는 특히 해군이 강화된다. 이 모든 것은 수영과 무관하지 않다. 그러나 사실 이들 중 상당수는 직접 물속에 들어가서 활동하는 것이 아니라, 대부분 배를 이용해서 활동한다. 따라서 이와 함께 조종 기술은 발달하지만, 반드시 수영 기술도 그러하다고는 할 수 없다. 오히려 배에 의지하여 활동하기 때문에, 수영 기술은 이상하리만치 발달하지 않는 것이 일반적이다.

(《도설 일본 영법─12류파의 비법》, 시라야마 겐자부로 편저, 니치보출판사, 1975.)

바다는 영법을 만들어내지 않는 모양이다.

확실히 내 친구 중에도 바다 근처에서 태어나고 자란 사람 중 수영을 못하는 사람이 많다. 그들에게 "왜?"라고 물어본 적 있는데, 하나같이 "무서워서"라고 대답했다. 오키나와에서 관광객 상대로 다이빙 등을 중개하는 지인도 전혀 수영을 못하는데, "바다에 들어가는 사람의 마음을 이해 못 하겠다"라고 말했었다. 자연은 무섭다. 원래 수영하면 안 되는 곳이다.

그렇다면 일본 영법은 대체 어디서 탄생했을까?

예로부터 무사는 전쟁을 치르는 과정에서 자진하여 강과 호수 등을 이용하거나, 혹은 원하든 원치 않든 크고 작은 강을 만날 수밖에 없었다. 또한 거성, 성채를 만드는 데도 물을 이용하고, 공방 시에도 물을 이용하는 경우가 많았다. …즉 무사는 검술, 궁술 등과 마찬가지로 수영술을 단련해야 했으며, 수영술은 무술의 하나로 발달하기에 이르렀다고 할 수 있다. (위의 책)

요컨대 무사가 강이나 성벽을 넘기 위해 탄생한 것이다. 현재 공식적으로 인정되는 유파는 열두 개다. 북쪽 미토의 스이후류(水府流)부터 남쪽 가고시마의 신토류(神統流)까지 각각의 지형에 맞는 수영이 개발되었다.

적에게 쳐들어가기 위해 수영한다. 수영 자체가 목적이 아니기 때문에, 물속에서 '숨도 헐떡이면' 안 된다.

더욱 흥미로운 것은, 일본 영법이 에도시대에 확립되었다는 점이었다. 전쟁을 위해서라고 하지만, 에도시대는 태평성대였던 관계로 전쟁은 거의 없었다. 즉 실제로 적은 없고, 어디까지나 '적에게 쳐들어간다는 생각'으로 헤엄쳤던 것이다. 그야말로 무사도 정신. 마음가짐의 세계다.

　나도 무사를 본받아서 전쟁이라 '생각'하고, 반대편에 성을 상상하면서 헤엄쳐봐야겠다. 왠지 그렇게 생각하는 것만으로 등줄기가 '똑바로' 펴지는 듯한 느낌이 들었다.

　화요일 오후. 나는 요코하마의 한 수영장에 와 있었다. 여기서 매주 일본 영법 강습이 열린다.

　무사의 마음가짐으로 찾아왔건만, 수강생 대부분이 중년 여성이었고, 선생님도 여성이었다.

　"정렬."

　스이후류 오타파(太田派) 범사°인 모리야 노부코 씨가 구령을 내렸다.

　스이후류 오타파는 본래 미토번에서 탄생한 스이후류를 모체로 하고 있으며, 1878년 오타 스테조에 의해 창시되었다. 도쿄고등사범학교에서 가르쳤기 때문에, 교사가 된 졸업생들에 의해 전국으로 확산된 유파다. 기록에 따르면, 1898년에 이 스이후류 오타도장과 요코하마에 거주

° 무도의 최고위 칭호

　　　　　　　　　　　6 무엇을 위해 수영하는가?

하는 외국인이 요코하마 서부두에서 '일본 영법 vs 크롤 영법'의 수영대회를 열었다. 결과는 오타류의 승리. 일본에서 경영°이 주목받게 된 것은, 이 일이 계기였다고 한다.

현재도 제8대 사범 아래 범사, 교사, 연사, 유사라는 계급이 존재하며, 모리야 씨는 경력 삼십 년의 범사다.

수강생들이 풀 사이드에 정렬한다.

"경례."

다들 경례한다.

―저기, 무엇을 향해서 경례하는 건가요?

나중에 내가 물어보자, 모리야 씨가 대답했다.

"물님입니다. 물님이 헤엄치게 해주시니까, 고맙다고 감사하는 마음을 표현하는 겁니다."

모리야 씨는 경의를 담아서 물을 '물님(お水)'°°이라고 부른다. 컵에 담긴 물 같아서 뭔가 친근감이 들었다.

일본 영법은 경영과 달리 속도를 겨루지 않는다. "어디까지나 자신의 기술로 물속에서 신체를 어떻게 제어할

° 일정한 거리를 헤엄쳐 빠르기를 겨루는 경기.

°° 물을 뜻하는 단어 미즈(水)에 존경, 공손 등의 의미를 나타내는 접두어 오(お)를 붙인 것인데, 보통 마시는 물을 일컬어 '오미즈(お水)'라 부른다.

것인지가 중요"(《일본 영법 교실 교재 1》, 제6대 당주 미야하타 도라히코 사가판)하다고 한다. 그저 빠르게 적진에 쳐들어가는 것이 아니라, 갑옷을 입은 채 도중에 주변 상황을 살피거나, 총을 쏘거나, 싸울 수 있게끔 수영해야 한다. 어디까지 자기 몸을 제어할 수 있는지가 관건이다.

자전거는 달리고 있을 때는 안정적이어서 넘어질 염려가 없지만, 멈추면 바로 넘어진다. 그것을 넘어지지 않게 제어할 수 있다면, 잘 타는 사람이다. 수영도 마찬가지다. 타인과의 경쟁이 아니라, 자신과 물, 혹은 자신과의 싸움이 의외로 사람들의 흥미를 유발한다. 일본 영법의 재미는 그런 점에 있다. (위의 책)

경영은 전진함으로써 안정감을 얻는다. 하지만 일본 영법은 멈추고 있을 때도 안정되어야 한다. 무슨 일이 생기든 아무 일도 생기지 않든, 자신의 몸을 제어한다. 그게 바로 일본 영법이다.

경례를 마치자, 모리야 씨를 선두로 수강생들이 차례차례 물에 들어간다. 그리고 수강생들은 천장을 보고 드러누워 수면 위에 둥둥 떴다. 이것을 '우키미(浮身)'라고 부른다고 한다.

자세히 보면, 떠 있는 방법이 예사롭지 않다. 발끝이 수면에서 나와 있다. 그뿐만 아니라, 배까지 나와 있는 사람도 있다. 모리야 씨에 이르러서는 물 위에 뜬 채 천천히 몸을 옆으로 돌려, 한쪽 팔을 팔베개처럼 머리 아래에 놓고 빙그레 웃고 있었다.

"이게 '유메마쿠라(夢枕)'입니다."

이 또한 수영 기술 중 하나였다. 모리야 씨는 거기서 더 나아가 양다리를 구부려 양반다리를 하더니, 천장을 보고 누운 채 좌선을 했다.

"해보세요."

모리야 씨가 시키는 대로 나도 천장을 향해 눕는다. 그러자 발이 조용히 아래로 떨어진다. 몇 번을 시도해도 떨어진다. 전혀 뜨지 않는다.

"물님이 베개고, 이불이라고 생각하고, 전신의 힘을 빼세요."

모리야 씨가 귓가에서 속삭였다.

나는 천천히 눈을 감고 그대로 '자는' 자세를 취한다.

속삭임은 계속됐다.

"네, 좋습니다. 이불… 이불… 이불…."

배 위에도 물이 있다 보니, 나는 그만 덮는 이불을 상상해버렸고, 그대로 가라앉았다.

"머리가 무의식중에 올라가 있어요. 머리가 올라가면 다리는 가라앉습니다. 그러니 머리는 귀까지 물에 담그도록 하세요."

참고로 이 "우키미"의 비법을 철저히 구명한 것은 시마즈번(가고시마현)의 신토류다. 이 유파는 일본 남단에 고립되어 있었기 때문에, 다른 유파에서 영향도 받지 않고, 비밀주의를 관철했다고 한다. 그들은 "우키미"를 "스테노와자(捨の業)"˚의 하나로 삼고 있다. 사심을 버린다는 의미다.

정직한 마음으로 어느 정도 숨을 들이마신 다음, 아주 천천히, 그리고 조용히 뒷머리를 물에 담그고, 조용히 몸을 늘리며 양팔을 몸쪽으로 뻗는다. (《도설 일본 영법―12유파의 비

˚ 와자미시나(業三品)라 불리는 신토류 영법 중 하나. 이외에 사시노와자(差の業), 누키노와자(抜の業)가 있다.

　　　　　　　　　　　6 무엇을 위해 수영하는가?

법》, 시라야마 겐자부로 편저, 니치보출판사, 1975.)

호흡도 몸의 움직임도 항상 '조용히' 실시하는 것이 비법이다. 결과보다 거기에 이르기까지의 태도가 중요한 것이다. 이렇게 물속에서 얻어진 경지를 '범중와(梵中瓦)'라고 부른다. '범'은 범천(梵天), 즉 대자연이다. '중'은 '중순(中純)'. "사람의 기술에 깊이 몰입하여, 감득하는 힘을 깨닫는 것.' '와'는 와륵(瓦礫). "하찮은 것의 소소한 생명을 체험하고, 버려진 돌멩이의 마음을 느끼는 힘을 터득하는 것."(위의 책) 즉 자신을 버리고 기술을 통해서 세세한 부분까지 자연의 신비를 맛보는 것이다.

모리야 씨의 조용한 속삭임에 따라, 조심조심 뒷머리를 물에 집어넣는다는 생각으로 가라앉혔다. 얼굴까지 가라앉는 게 무서웠지만, 의외로 깊이 집어넣어도 괜찮았다. 얼굴은 머리의 표면에 불과하다는 것을 깨닫고 안심한 덕분인지 둥실 몸이 떠올랐다.

고작 오 초 정도였지만, 머리부터 물속으로 쑤욱 빠져드는 듯한 느낌이 들었다. 이게 바로 자연의 신비라는 것일까. 하지만 잘 생각해보니, 전철 안에서 창문에 머리를 대고 졸음에 빠질 때의 느낌과도 비슷해서, 만일 전쟁이 벌어지면 적을 놓칠 것 같다.

이어서 수영의 첫걸음인 '히토에노시랴쿠타이(一重伸略体)'에 들어갔다.

소위 말하는 횡영이다. 수강생들이 헤엄치는 모습은 마치 오징어 같았다. 움츠렸다가 펴고, 움츠렸다가 펴면서 수면을 미끄러지듯이 나아간다.

우선, 몸을 물속에 바로 옆으로 눕힌다. 내 경우는 좌반신이 위, 우반신이 아래가 된다. 그리고 얼굴은 왼쪽을 향해 수면 위로 올려놓는다. 주위를 살피기 위해서다.

다리는 뻗은 상태에서 무릎을 접어 서서히 움츠리고, 그 자리에서 걸음을 걷듯이 왼 다리는 앞으로, 오른 다리는 뒤로 크게 벌린다. 그리고 다리를 펴면서 있는 힘껏 닿아 원래대로 되돌린다. 이것이 '아오리아시(あおり足)', 헤엄치는 추진력이 된다. 팔은 다리를 펴는 동시에 오른팔을 앞으로 보낸다. 이 손을 '사키테(先手)'라고 부른다. 이 손으로 부력을 잡는다. 그리고 진행 방향을 정한다. 손바닥은 항상 물밑을 향하고 있어야 한다.

—왜죠?

6 무엇을 위해 수영하는가?

내가 묻자 모리야 씨가 딱 잘라 대답했다.

"그게 약속입니다."

일본 영법은 약속의 세계다. 종가 제도하에서 각 유파에는 각각 약속된 영법이 있고, 배우는 사람은 그에 따른다. '자유형'과 같은 발상은 없다.

물속 같은 비정형의 세계에서는 자유형보다 약속에 얽매여 있는 편이 오히려 속 편하고 자유를 느낄 수 있을 것 같다. 규칙을 '지키는' 일에만 집중하면, 이것저것 쓸데없는 생각을 하지 않아도 되니까.

게다가 크롤 영법과는 달리, 필 때는 팔과 다리를 한번에 편다. 움츠릴 때도 마찬가지다. 그렇게 전신을 동시에 움직이는 완급 조절이 실로 명확하고 알기 쉬웠다.

"그럼 해볼까요?"

모리야 씨가 권하는 대로 옆으로 누웠지만, 그대로 가라앉았다.

그래서 우선 머리를 풀 가장자리에 얹고, 다리 동작부터 연습하게 되었다.

하지만 발이 떠오르지 않는다. 우키미와 다르게 머리가 나와 있어서, 아무리 애를 써도 가라앉아 풀 바닥에 닿고 만다.

"이런 자세로 하는 겁니다."

모리야 씨가 풀 사이드에 서서 자세 시범을 보였다.

오른팔을 하늘로 뻗고, 몸이 가볍게 S자를 그리고 있다. 부처님이 '천상천하 유아독존'이라고 가리켰던 자세와 똑 닮았다.

"몸의 오른쪽은 당길 정도로 늘리고, 왼쪽은 조금 움츠린다는 느낌으로 하는 겁니다."

— 왜 그렇게 하는 거죠?

"이렇게 하면 배 모양이 됩니다."

그렇군. 우반신이 배의 바닥, 좌반신이 갑판인 셈이다. 무사들은 자신을 배에 비유했던 것이다.

"보세요, 정중선은 똑바르죠?"

겉보기에는 배지만, 머리부터 발까지 몸의 중심은 똑바로 펴져 있다는 점을 모리야 씨가 가리켰다. 옆구리를 늘려서 중심을 똑바로 유지한다. 가쓰라 코치의 "제 말이 맞죠?"라는 목소리가 들리는 것 같았다.

"그러면 헤엄쳐볼까요?"

나는 머릿속으로 배를 그리고, 반대편에 성이 있다고

6 무엇을 위해 수영하는가?

상상하면서 헤엄치기 시작했다.

다리를 펼 때는 확실히 폈지만, 다리를 움츠리자 '그런데 배가 움츠러드나?'라는 잡념이 스쳐서, 나는 무심코 일어섰다.

"중요한 건 시선입니다."

모리야 씨가 지적했다.

"두리번거리지 마세요. 한곳을 응시하는 겁니다."

—어디를 봐야 하나요?

"출발점이요. 딱 저 시계네요."

마침 우리 레인의 시작 지점 벽에 시계가 걸려 있었다. 수면에서 보면 대각선 45도 정도 위다. 이를 어깨너머로 응시하면서, 뒤돌아본 채 나아가면 된다.

"시선을 고정하면, 머리 위치도 정해집니다. 그러면 자연스럽게 배 모양이 만들어져요."

놀랍게도 시계를 응시한 채 몸을 늘였다 줄였다 하자, 정말로 헤엄칠 수 있었다. 몸이 움츠러들 때도 마치 시계가 나를 지탱해주는 것 같았다.

"다카하시 씨는 습득이 빠르네요."

다른 수강생들에게 극찬을 받자, 나는 에도시대의 무사

가 된 듯한 기분이 들었다. 일본 영법은 '수영한다'는 감각이 넘쳐흐른다. 얼굴과 몸이 물을 가르며 힘차게 나아간다. 시계도 분명하게 멀어져가는 것이 보인다. 전쟁이 없었던 무사들도 분명 이런 식으로 '해냈다'는 느낌을 만끽했을 것이다.

"이번에는 다른 분들과 같이 헤엄쳐보세요."

모리야 씨의 말에, 나는 다른 수강생들의 뒤를 따라 헤엄쳤다.

순조롭게 나아가는 것 같았는데, 도중에 반대편에서 되돌아오는 수강생들이 일으킨 물결이 차례로 내 얼굴에 부딪혔다. 물이 코에 들어가는 바람에 나는 숨이 막혔다. 규칙적인 큰 파도라면 몰라도 불규칙한 잔물결에는 대처할 도리가 없어서 나는 일어섰다. 이런 때는 크롤 용법처럼 처음부터 얼굴을 물에 담그고 있는 편이 편하다. 어차피 전쟁은 없을 테니까.

"다카하시 씨가 할 때만 이상하게 물결이 치네요."

모리야 씨가 신기하다는 듯이 웃었다.

—항상 그렇습니다. 어떻게 해야 할까요?

"괜찮아요. 머리만 제대로 들고 있으면. 바다에서도 파도가 오면, 거스르지 말고 그냥 올라타면 됩니다."

모리야 씨는 태풍의 여파가 휘몰아치는 바다에서, 그것을 체험했다고 한다. 폭풍 속에서도 중요한 건 시선과 머리 들기. 이를 지키면, 적마저 잊을 수 있는 '무심' 상태에 이른다.

목적과 수단이 일체화된 무사들의 '생각'의 묘미.

이제 마음의 준비가 된 것 같아서, 나는 다시 가쓰라 코치의 수업에 돌아가기로 했다.

쉬어도 괜찮습니다만…

다카하시 씨는 '수영하고 싶다'는 마음이 너무 없습니다. 무언가를 습득하면, 그걸로 만족해버리고 반복하지 않아요. 그런 식이면 수영이 몸에 배지 않습니다. 너무 아까워요.

제가 이런 말을 하는 것도 좀 그렇지만, 수업을 쉬는 건 어쩔 수 없다고 생각합니다. 급한 일도 있을 테고, 정말로 가고 싶지 않은 때도 있을 거예요. 수영이 싫어진 게 아니라면, 저는 쉬어도 상관없다고 생각해요. 그 대신, 쉰 다음에는 와주셨으면 좋겠어요. 저도 쉬던 분이 오랜만에 와주시면 굉장히 기쁘거든요. 이분, 또 수영하고 싶어졌구나 하고요. 혹은 다른 수영장에서 수영하고 있다면, 그것도 괜찮습니다.

하지만 다카하시 씨는 쉬시면 안 돼요. 왜냐하면 수영에 관한 책을 쓰려고 하시잖아요. 그러면 한 달이나 쉬시면 안 되죠.

6 무엇을 위해 수영하는가?

7

보아서는

안 되는 것

"오늘은 먼저 다카하시 씨에게 일본 영법을 보여달라고 할까요?"

오랜만에 수업에 나갔더니, 가쓰라 코치가 갑자기 명령했다.

—헉, 아니, 못하는데요, 저.

저도 모르게 대답했다. 분명 할 수 있었던 것 같기는 하지만, 다른 사람들 앞에서 선보일 정도는 아니다.

수강생 전원이 가만히 나를 쳐다본다. 더는 배기지 못하고 나는 말했다.

—그럼, 가겠습니다.

시선과 머리 들기. 모리야 씨의 가르침을 떠올리며, 나는 일단 시선을 대각선 45도로 고정하기로 했다. 출발점보다 약간 위쪽, 딱 사우나 유리문의 테두리 언저리다. 이거다, 하고 지그시 응시하며 시선을 고정한다. 그리고 천

7 보아서는 안 되는 것

천히 물에 드러누워 배 모양이 된다. 긴장으로 몸이 굳었지만, 그대로 무릎을 굽혔다가 쭉 폈다. 일본 영법은 얼굴을 수면 위로 내밀고 뒤돌아본 채 나아가기 때문에 목이 비틀려서 조금 아프지만, 이 아픔으로 시선이 '고정'되어 있다는 느낌을 확인할 수 있다.

수영하고 있다.

멀어지는 사우나 유리문을 응시하며 나는 혼자서 기쁨을 곱씹었다. '역시 나는 일본인이야' 같은 생각을 하면서 다섯 번쯤 폈다 움츠렸다를 반복했을 즈음, 수영장이 고요하다는 사실을 깨달았다.

문득 시선을 내리자, 가쓰라 코치와 수경을 낀 수강생들이 지루하다는 듯이 이쪽을 보고 있다. 전신에 압박감을 느낀 나는 무심코 일어섰다.

역시 중요한 건 시선이다.

나는 이때 그렇게 확신했다.

"그러면 100, 가주세요."

가쓰라 코치의 지시에 따라, 여느 때처럼 수강생들이 연이어 자유형으로 헤엄쳐 나간다. "자, 먼저 가세요",

"저는 오랜만이라서", "저도 마찬가지예요" 같은 인사를 나누며, 나도 엎드려서 얼굴을 물속에 담그고 풀 벽을 찼다.

쭉쭉 물속을 나아가다가 나는 깨달았다.

시선이 고정되지 않는다.

물속은 움직이고 있다. 이 풀장 바닥에는 약 5센티미터 간격으로 가로줄 무늬가 그어져 있다. 그 선이 차례차례 내 앞을 향해 오고 있다. 정확히 말하면, 내가 앞으로 나아가니까 그렇게 보이는 것뿐이지만, 그렇게 보인다는 점이 문제다. 가쓰라 코치로부터 물속에서 "시선은 바로 아래보다 조금 앞"이라는 가르침을 받았다. 그러니 이 선을 보면 되는 것 같다. 하지만 그렇게 생각한 순간 그 선이 가까이 다가와 바로 밑으로 내려온다. 안 되겠다 싶어서 그 앞에 있는 선으로 눈길을 옮겨도 금세 내려온다. 도중에 수챗구멍이 가까워지면, 뭔가 싶어서 저도 모르게 시선을 빼앗긴다. 내 시선은 아래위로 이리저리 움직였고, 점차 속이 안 좋졌다. 어째서 이 풀장은 가로줄 무늬지? 그렇게 생각하면서 나는 일어섰다.

"여러분, 어깨가 안 돌아가고 있어요. 오늘부터 철저하게 어깨 돌리기를 하겠습니다."

가쓰라 코치가 선언했다. 어깨보다 시선을 알려줬으면 좋겠다고 생각했지만, 나 혼자만의 수업이 아니다.

"우선 그 자리에서 어깨를 돌려주세요."

가쓰라 코치가 선 채로 시범을 보인다. 라디오 체조처럼 양팔을 몸 앞에서 아래로부터 위로 빙빙 돌렸다. 수강생들도 돌린다. 이유는 모르지만 나도 따라 돌렸다.

"이게 자유형의 팔 동작입니다. 다카하시 씨, 팔을 뒤로 돌려보세요."

코치에게 지명된 나는 팔을 등 뒤쪽으로 돌리려고 했다. 그런데 무언가에 걸린 것처럼 잘 돌아가지 않는다.

"안 돌아가시죠?"

―안 돌아갑니다.

"그런데 여러분은 억지로 뒤로 돌려서, 거기서부터 팔을 되돌리려고 하고 있습니다. 그래서 무리가 가는 거예요. 팔을 옆으로 빼면 편합니다."

엎드려서 헤엄치기 때문에, 팔을 옆으로 빼면 물속을 돌게 되니까 옆에도 민폐를 끼칠 것 같은데, 그렇지 않은 모양이다. 오른팔을 돌릴 때는 몸을 오른쪽으로 열고 있기 때문에, 오른팔은 물 밖에 나와 있다. 왼팔도 마찬가지다. 옆으로 빼기만 해도 물에서 나와 있는데, 더 뒤로 돌리려고 하면 뒤집힌다. 뒤집히지 않으려고 우리는 쓸데없는 힘을 쓰고 있었던 것이다.

팔은 뒤가 아니라 옆으로. 이렇게 하면 무리 없이 어깨가 돌아간다. 일리 있는 말이다.

"그리고 여러분은 어깨를 돌리는 게 아니라 어깨를 올리고 있습니다."

가쓰라 코치의 시연에 따르면, 우리는 영화 〈아담스 패밀리〉의 페스터처럼 어깨가 솟아 있다고 한다.

"이런 어깨로 팔이 돌아갈까요?"

확실히 잘 안 돌아간다. 도중에 삐그덕거리며 움직임이 어색해진다. 앞으로 나아가려는 마음이 강하다 보니, 기세로 어깨를 앞으로 내밀려고 해서 이런 모양이 되어 버린다고 한다.

물속에서는 화내지 말고, 내려간 어깨를 유지하면 된다.

"팔이 위까지 올라오면, 거기서 내리려고 하지 마세요. 내리려고 하면 힘이 들어가게 됩니다. '내려야지'라고 생각하지 말고, 그대로 떨어뜨리세요. 팔이 힘드니까 떨어뜨려준다는 느낌입니다."

7 보아서는 안 되는 것

물속에서는 '내려야지'같이 힘을 수반하는 의지는 금물이다. '떨어뜨려버렸네' 정도의 과실 감각이 필요하다.

"자, 이제 위를 보면서 팔을 돌려보세요."

천장을 응시하면서 팔을 돌린다. 뒤로 자빠지는 것 같아서 이것도 돌리기 힘들다.

"아래를 보면 어떠세요?"

이 또한 몸이 점점 앞으로 구부러져서 힘들다.

"그러니까 어깨를 제일 돌리기 쉽도록 머리 위치를 정하셔야 해요. 그렇게 하면 물속에서는 바로 아래보다 조금 앞을 바라보는 형태가 됩니다."

그렇군, 자유형에서는 어깨 돌리기부터 시선을 정해가는 것이었다.

—저기, '조금'이라는 건 얼마나 조금인가요?

머리를 상하좌우로 움직이면서 내가 묻자, 수강생들이 폭소했다.

"목이 긴 사람, 짧은 사람, 골격은 사람마다 다 다릅니다. 스스로 정하세요."

자유형이란 스스로 정하는 형태다. 좀처럼 결정하지 못하는 나는 주변 수강생들의 턱 위치를 봤다. 그랬더니 대부분 육지에서의 '보통' 상태였다. 나도 본받아서 '보통'을 염두에 두기로 했다.

"그러면 50, 가세요."

막상 수영을 해보자, 물속에 '보통'은 없었다. 애초에 여기는 보통 장소가 아니다. 어깨를 옆으로 돌리자 몸은 확실히 편해졌지만, 풀장 바닥의 가로줄 무늬가 방금 전보다 더 신경 쓰인다. 눈과 턱이 각각 상하좌우로 움직이기 시작하는 것 같아서 점차 숨이 막혀왔다.

―저기 죄송합니다만, 어디를 보면 될까요?

나는 참지 못하고 가쓰라 코치에게 물었다.

"보지 마세요!"

코치가 소리쳤다.

―하지만 풀장 바닥에 가로줄 무늬가 그어져 있어서, 어디쯤을 봐야 할지….

"잘 들으세요, 물속에서는 뭔가를 보려고 하지 마세요."

―하지만 보이는데요….

"보이는 걸로 충분합니다. 보려고 하면 안 되는 거예요."

보겠다는 의지를 가지면 안 된다. 혹시 몰라서 수강생들에게 물속에서 무엇을 보는지 물어보자, 아무것도 보지 않는다는 대답이 돌아왔다. 이런 일로 고민하는 사람은 분명 나뿐일 것이다.

생각해보면, '보려고 하는 것'은 보려는 주체를 불러들인다. 부름을 받는 것은 '나'다. 이 '나'는 물속에서 고민하고 헤매는 나이기 때문에, 괴로워지는 것은 당연하다. 반면, '보이는 것'은 현실을 그대로 비추는 경지이므로, '나'는 필요 없는 느낌이 든다.

육지와는 달리, 물속에서는 멸사의 시선으로 있어야 하는 것이다.

불상이 분명 그런 눈이었던 것 같은데, 하고 나는 문득 생각했다.

그래서 수업이 끝나자, 그 길로 근처에 있는 '불단 하세가와' 매장으로 향했다.

석가여래, 대일여래, 아미타여래, 약사여래…. 가게 안에는 종파를 초월한 온갖 여래상이 늘어져 있었다. 깨달음을 얻은 여래상은 모두 눈을 가늘게 뜨고 있으면서도, 무언가를 '보려고' 하지는 않는 듯하다. 점원의 말에 따르면, 이 눈을 '반안(半眼)'이라 부른다고 한다.

중요한 것은 검은자의 위치다.

실은 중심보다 약간 바깥으로 치우치게 합니다. 두 눈 모두 눈동자를 살짝 바깥으로 치우치게 하면, 삼매경에 빠진 상태처럼 보입니다. 뭔가 소원을 빌기 위해 부처님 앞에 가도, 초점이 맞지 않으니 부처님이 들어주시지 않을 것처럼 보이죠. 하지만 그 모습에 넋을 잃고 바라보다 보면 자연스럽게 자신도 명상에 빠져드는, 그런 분위기를 표현한 것입니다.
(《알기 쉬운 불상 보는 법》, 니시무라 고초·아스카엔, 신초사, 1983.)

수영할 수 있는 사람들은 틀림없이 이런 눈으로 수영하고 있을 것이다. 그러니까 망설임 없이 언제까지고 헤엄칠 수 있는 것이다.

즉 선(禪)이라고 나는 직감했다. "일을 함에 있어 자신을 버리고, 완전히 그 일이 되어간다."(《선불교―근원적 인간》, 우에다 시즈테루, 이와나미 서점, 1993.) 요컨대 내가 수영하는 것이 아니라, 수영 그 자체가 되면 되는 것이다.

선의 고전 《임제록》을 다시 읽어보면, 곳곳에 물에 관해서 기록되어 있다. 번뇌에 빠진 것을 "미혹의 바다에

7 보아서는 안 되는 것

떴다 잠겼다 한다"고 표현했고, 깨달음에 이르면 "불에 들어가도 타지 않으며, 물에 들어가도 빠지지 않으며", 끝내는 "물 위를 땅 위처럼 걷고, 땅 위를 물 위처럼 걸을 수 있게 된다"고 한다. 선이란 '수영의 마음가짐'이다. 헤엄친다는 것은 바꿔 말하면 깨달음이다.

그렇다면 어떻게 해야 여래상 같은 눈이 될 수 있을까?

좌선할 때는 자세를 바르게 해서 다다미 한 장 반쯤 되는 위치에 시선을 두고, 두 눈으로 자기 목덜미를 보라고 합니다. 이렇게 하면 삼매경에 들어간 눈의 형태가 됩니다. (《알기 쉬운 불상 보는 법》, 니시무라 고초·아스카엔, 신초사, 1983.)

자기 목덜미를 본다.

보일 리 없겠지만, 즉시 바깥 풍경에 시선을 돌려 시험해 보았다. 양쪽 눈동자를 각각 바깥으로 가져가서 목덜미를 향해 뒤쪽까지 돌아간다고 상상한다.

물론 목덜미는 보이지 않는다. 하지만 신기하게도, 목덜미를 보려고 한 것만으로 불상처럼 시선이 자연스럽게 정면보다 조금 아래쪽에 고정됐다. 사람은 보이지 않는 것을 보려고 하면 저절로 시선이 고정된다. 그리고 눈의 초점이 좌우 어긋난 탓인지 풍경이 다르게 보인다. 보려고 하지 않은 풍경이 뭔가 쭉쭉 펼쳐지는 느낌이다.

보려는 것을 뛰어넘어 보이는 것. 깨달음을 얻은 나는 무릎을 탁 쳤다. 그리고 일단은 혼자 수행을 하기 위해, 요코하마 국제 수영장으로 향했다.

겨울이 다가와서 그런지, 수영장은 하와이안 음악을 틀어놓고 한층 더 여름 분위기를 연출하고 있었다.

풀 사이드에서 가쓰라 코치에게 배운 대로 공들여 어깨를 돌리고, 메가폰을 든 안전요원에게 시선을 주면서 목덜미를 보는 연습을 했다. 좋아, 여기서도 역시 수영장이 쭉쭉 펼쳐져 보인다. 삼매경 시선을 유지한 채 나는 얼굴을 물에 담그고, 그대로 벽을 찼다.

그런데 이 풀장 바닥에는 약 5센티미터 간격으로 세로줄 무늬가 그어져 있었다.

세로줄 무늬는 곤란했다. 진행 방향으로 뻗어 있어서 저도 모르게 시선을 주게 되어, 선 위를 미끄러지는 느낌이 든다. 이럴 바에는 걸리는 느낌이 나는 가로줄 무늬가 차라리 낫다. 게다가 호흡하기 위해 일단 얼굴을 들었다가 다시 물속으로 되돌아가면, 조금 전에 봤던 세로선이 어긋나 있기도 하다. 선이 어긋난 것인지 몸이 어긋난 것인지 따위를 생각하기 시작하면 망설임이 생겨, 목덜미에 신경 쓸 겨를이 없어진다.

"수영 안 해요?"

내가 물가에 우두커니 서 있자, 이 수영장의 단골인 우에하라 씨가 말을 걸어왔다. 우에하라 씨의 배영은 둥둥 떠다니는 해파리처럼 너무나 느려서 빈말로도 잘한다고는 할 수 없지만, 그만큼 물속에서의 평온함이 돋보인다.

─시선 말인데요….

나는 큰맘 먹고 고민을 털어놓았다. 불교의 가르침대로 목덜미를 보고 싶다고. 황당해할 줄 알았는데, 우에하라 씨는 시원스레 대답했다.

"보여요, 목덜미."

─보이세요?

"보여요."

─어떻게요?

"삼면거울로."

여래라기보다 부동명왕 같은 눈으로 우에하라 씨는 나

를 응시했다.

　―그런 게 아니라요….

"나는 뒤에도 눈이 달려 있어요. 늘 삼면거울로 보니까 익숙하기도 하고, 내 뒷모습이 어떻게 보일지 항상 신경 쓰거든요. 게다가 치한도 무섭잖아요. 그래서 뒤쪽은 늘 주의하고 있어요."

　자주 뒤를 보고 그 잔상을 눈에 새긴 덕분에, 앞을 보고 있을 때도 잔상이 겹치는 모양이다. 간단히 말해서, 주위를 살피는 주의력이 뛰어난 것이다.

　"지금도 뒤가 계속 보여요. 여자들은 대부분 항상 360도를 보고 있어요. 몸으로 느낀다고 해도 좋을 정도로."

　―남자는 안 되나요?

　"남자들은 뒤를 보려고 하지 않거든. 앞도, 이렇게 조금밖에 안 보고."

　우에하라 씨는 양손 검지를 가까이 대고, 그 사이로 들여다보았다. 배려가 부족하다는 말일까?

　―왜 그럴까요?

　"분명 무서운 거죠. 뒤를 보면, 본인이 저지른 실수가 잔뜩 굴러다니고 있을 것 같아서."

　　　　　　　　　　　　7 보아서는 안 되는 것

—어떻게 하면….

"이제 와서는 무리예요. 남은 평생 절에서 지내기라도 하지 않는 이상 별수 없어요."

우에하라 씨는 그렇게 말하고 크게 웃더니, 그대로 둥실둥실 헤엄쳐갔다. 그녀는 등으로 물을 보면서 헤엄치는 것 같았다.

나는 평소의 주의 산만한 생활 태도를 반성했다. 자기 목덜미는 고사하고, 주변을 거의 보지 않는다. 시선 문제라기보다 단순히 시야가 좁을 뿐인 모양이다.

"이제, 접영 들어가겠습니다."

가쓰라 코치가 갑자기 말했다. 그녀의 수업은 자유형을 중심으로 하면서도 배영, 평영, 접영을 종횡무진 가져온다. 수영의 기본은 같다. 그 공통점을 다른 영법에서 확인하는 것이다.

접영은 어깨 돌리기의 확인이었다. 양팔을 몸 앞에서 돌린다. 자유형은 좌우 번갈아 돌리지만, 접영은 양팔을 동시에 돌린다. 차이는 그뿐이다.

"다리는 중요하지 않습니다. 우선 어깨를 제대로 돌려

주세요.”

　못하겠다고 하면서 수강생들은 차례차례 헤엄쳐 간다. 물결치게 만드는 것이 아니라, 물결과 일체화된 양 넘실거리면서.

　하라고 한다고 갑자기 할 수 있을 리가 없다고 생각하면서 나도 벽을 찼다.

　양팔을 한 번에 돌리기 위해서는 어떤 결단이 필요하다. 지금이다, 아니 지금인가? 조금 더 상황을 봐야 하나? 아무튼 돌리자는 각오를 다지고, 과감하게 양팔을 돌렸다. 내가 일으킨 물거품이 굉장한 기세로 눈앞에 퍼진다. 거품 하나하나가 또렷하게 보인다. 그 속에서 한 번 더 팔을 돌린다. 더욱 거센 물거품이 인다. 전혀 앞으로 나아가지 않아서 물에 빠진 거나 마찬가지였다.

　“여러분, 아직도 팔을 뒤로 돌리려고 하고 계십니다. 팔은 옆에서 돌리세요.”

　가쓰라 코치가 그렇게 말하고, 물속에 들어가서 시범을 보였다.

　일단 바닥 근처까지 잠수했다가 머리를 들고 조용히 수면으로 올라오면서 양팔을 천천히 돌린다. 마치 인어

　　　　　　　　7　보아서는 안 되는 것

가 날개를 펼치는 듯한 우아한 춤. 역시 가쓰라 코치는 도저히 인간이라고 생각되지 않는다.

나는 흉내를 내야겠다고 생각하고, 과감히 바닥을 향해 가라앉았다가 머리를 들었다.

그리고 그 순간, 보고 말았다.

물속에서 수면을.

"이거 뭐야!" 하고 소리치고 싶었지만, 목소리를 낼 수 없어서 삼켰다.

주변 일대에 거울 같은 막이 일렁일렁 쳐져 있다. 육지에서 수면을 들여다보면 바닥이 일렁거려 보이는데, 물속에서 수면을 바라보아도 천장이 보이지는 않는다. 단지, 거울 같은 막이 섬뜩하게 흔들리고 있을 뿐이다. 나는 물속에 갇혀버린 기분이 들어서 황급히 일어섰다.

도대체 이게 뭐지?

동요한 나는 옆에 있는 나카무라 씨에게 말을 걸었다.

—저게 대체 뭐죠?

"저거라니 뭐가요?"

어리둥절한 얼굴로 나카무라 씨가 되묻는다.

—밑에서 보면 보이는 그거요.

보이는 상황을 정리해서 나는 설명했다.

"보면 안 돼요, 그건."

무슨 말인지 알아들은 모양인지, 나카무라 씨가 내게 조언했다.

—하지만 보이는데요.

"그걸 보면 멀미해요. 그러니까 안 보도록 해야 해요."

안 보려고 하면, 더 신경 쓰인다. 그 거울에 무엇이 비치고 있는지.

나는 숨을 멈추고 물에 들어가, 물속에서 조심스레 수면에 손을 가져가보았다. 그러자 수면에 닿을 듯 말 듯한 곳 언저리에서 손이 수면에 일렁일렁 비쳤다. 이것은 아주 가까운 곳만 비추는 거울이다. 지금까지 이 밑에서 헤엄치고 있었나 생각하니, 나는 무언가 속임수에 걸린 기분이었다.

"결국 보고 말았군요… 그것을."

히로시마대학의 나가누마 다케시 조교수가 쓴웃음을 지었다. 그는 심해생물학의 일인자로서 지금까지 잠수정을 타고 북극해, 남극해, 남태평양 등 전 세계의 심해 수

7 보아서는 안 되는 것

천 미터를 잠수해왔다. 지구상의 물을 밑에서부터 샅샅이 보아온 사내다.

"물속에서 본 수면, 그것이야말로 물의 본질입니다."

물의 분자는 수소(H) 원자 두 개와 산소(O) 원자 한 개로 구성되어 있고, 이것이 'ㅅ'처럼 꺾은 선형으로 결합되어 있다. O 측이 마이너스, H 측이 플러스의 전기를 띤다고 하는데, 그 때문에 물 분자는 가로세로 균일한 그물망 형태로 이어져 있다고 한다.

"물은 자기들끼리 뭉치려는 힘이 강합니다. 물 정도의 분자량을 가진 물질은 보통 조금만 열을 가해도 기화, 즉 뿔뿔이 흩어져서 날아가거든요. 그런데 물은 이 힘의 작용으로 상온에서도 액체 상태를 유지하고 있습니다. 기적의 물질이라 해도 과언이 아닙니다."

자기들끼리 뭉치려는 힘은, 동시에 다른 것을 배제하는 힘이 된다. 공기와의 경계인 수면에서는 그 힘이 강하게 발휘되어 물이 단단해진다고 한다. 이것이 이른바 '표면장력'이다.

—얼마나 단단한가요?

"요코하마 베이브리지에서 뛰어내린다고 가정하면,

아마도 충격 때문에 죽을 겁니다. 잘하면 골절로 끝나겠지만, 수영을 못하니까 죽어요. 수면이 콘크리트 도로처럼 되어 있거든요."

—그렇다는 건, 우리는 물의 단단한 부분을 헤엄치고 있다는 말인가요?

"맞습니다. 그리고 밑에서 수면을 올려다보면, 물고기들도 나오고 싶어 하지 않아요."

—왜죠?

"바깥에 전혀 다른 세계가 존재하는 것처럼 물이 보여주기 때문입니다. 이 단단한 것을 뚫고 나가면 죽는다고 생각하게끔."

마치 물이 의도를 가지고 있다는 듯이 나가누마 씨는 설명했다. 어심(魚心) 있는 곳에 수심(水心) 있다°더니. 수면은 삶과 죽음의 경계인 것이다.

—그런데 교수님, 수영할 줄 아세요?

설명 도중이었지만, 무심코 나는 질문했다.

"저, 수영 못합니다."

° 상대방이 호의를 보이면 나도 호의를 가진다. 상대방의 태도에 따라 나의 태도가 정해진다는 뜻의 일본 관용구.

　　　　　　　　　　　7 보아서는 안 되는 것

역시나. 나가누마 교수는 항해를 나가면 반드시 물에 빠지는 꿈을 꾸고 가위에 눌리는 모양이다. 잠수정에 탈 때도 배가 수면에 접어들면 저도 모르게 숨을 멈춘다고 한다. 요컨대 나가누마 교수도 물이 무서운 것이다.

—뭐가 무서운 걸까요?

"무서운 건 그거예요, 얼굴에 물이 튀잖아요. 나는 그게 싫어요."

나가누마 교수의 두려움은 절실했다. 샤워할 때도 얼굴에는 닿지 않게 하고, 세면기 물에도 얼굴을 담그지 못한다고 한다. 다소 개선되었다고는 해도, 내게도 여전히 몹시 비슷한 징후가 있다.

"이건 뇌의 반사작용입니다. 잠수반사라고 해서, 차가운 물이 얼굴에 튀면 혈압저하, 호흡억제 등이 일어나요. 반사작용이니 어쩔 수 없습니다."

내가 어렸을 때 냉수 풀에서 온몸이 움찔움찔했던 건, 그게 원인이었던 모양이다. 그렇지만 다른 아이들은 태연하게 헤엄치고 있었다. 이건 왜일까?

"태연한 사람은 둔감한 것이라고 할 수 있습니다. 우리처럼 반사작용이 있는 게 생물로서는 원시적일지도 모르지만, 나는 진화한 것이라고 믿고 싶어요."

나가누마 교수는 역설했다. 우리는 동료라는 듯이. 그나저나 나가누마 교수는 이런 심리상태로 용케 심해에 잠수하고 있다. 그것이야말로 무섭지 않은 걸까.

"괜찮습니다."

—괜찮으신가요?

"익사에는 크게 두 종류가 있습니다. 폐에 물이 차서 죽는 경우와 잠수반사로 기도가 막혀서 질식사하는 경우. 수영을 못하는 우리는 후자입니다. 수영할 수 있는 사람은 수영하려고 애쓰다가 물을 다량으로 폐에 집어넣게 됩니다. 우리는 충격으로 숨을 쉴 수 없게 될 뿐이죠. 찬물에서 인간은 가사 상태에 빠질 가능성이 있으니, 나중에 소생할 수도 있습니다."

—그렇다면 수영을 못하는 편이 안심이라는 말씀이신가요?

"그렇습니다. 그리고 설령 죽더라도 수영을 못하는 편이 죽은 얼굴도 평안합니다."

나가누마 교수는 공포를 법의학적으로 극복하고 있었다. 그리고 심해의 모습이 신비체험인 양 이어 말했다.

"수심 100미터에서 바다는 칠흑같이 어두워집니다. 빛이 없고, 부력과 중력이 균형을 이루기 때문에 위아래 감각도 사라집니다. 램프를 켜면 창문 밖 10미터가량밖에 보이지 않아요. 거기에 심해생물이 있습니다. 그들은 제게 발견되지 않으면, 누구에게도 발견되지 않았을 생물입니다. 이런 어둠의 세계가 사십억 년이나 이어지고 있다고 생각하면, 자신이 정말 보잘것없게 느껴지고, 결국 위대한 것의 존재를 깨닫게 되는 거죠…."

지표면의 70퍼센트는 바다, 즉 물이다. 그리고 생명은 물이 지닌 '뭉치려는 힘'에 의해 형성되었다고 여겨진다. 인체의 60퍼센트도 물. 그렇게 생각하면, 우리가 살아간다기보다 위대한 물이 우리를 살아가게 해주는 것이니, 왠지 내 몸이 빨려들어가는 느낌이다. 한번 빨려들어가면 다시는 돌아올 수 없을 것 같은 곳으로.

"거기서 감동하거나, 포근함을 느끼는 사람도 있겠죠."

대부분 그렇다. 대자연에 몰입하는 것이 요즘 유행이기도 하다.

"저는 다릅니다. 무섭고 위험하다고 생각해요. 거기로는 돌아가고 싶지 않습니다."

―왜죠?

"우리는 육지의 인간이니까요."

수영을 못하는 사람인 나가누마 교수는 단언했다. 그는 수영을 못하기 때문에 더 냉정하게 물의 신비를 탐구할 수 있는 것이었다.

나가누마 교수에 비하면, 나는 수영을 할 줄 안다. 같은 육지 인간이라도 내 쪽이 물에 가깝다고 할 수 있을 것이다. 하지만 가쓰라 코치나 다른 수강생들에 비하면 나는 명백하게 육지 쪽이다.

육지에 머무를 것인가, 물에 들어갈 것인가.

나는 딱 운명의 갈림길에 서 있는 것 같았다.

오늘도 풀의 단단한 수면은 변함없이 일렁이고 있다.

"수영할 수 있는지 없는지는 스스로 정하는 겁니다. 설령 1미터라도 스스로 '수영할 수 있다'고 말하는 사람이 '수영할 수 있는 사람'입니다."

가쓰라 코치는 그렇게 말했다. 나는 이제 '수영을 못하는 사람'은 아니지만, 완전히 '수영할 수 있는 사람'이 되지도 못했다. 과연 어떻게 하면 좋을까? 차분하게 반성해

7 보아서는 안 되는 것

보니, 애초에 나는 수영하고 싶은 마음이 없다는 사실을 깨달았다. 수영을 못하니까 하려고 하는 것뿐, 본래 수영을 하고 싶은 것은 아니다. 아마도 이 세상에는 '수영할 수 있는 사람'과 '수영을 못하는 사람'이 아니라, '수영하고 싶은 사람'과 '수영하고 싶지 않은 사람'이 있고, 나는 후자다.

앞으로 어떤 마음가짐으로 물에 들어가야 할까.

한참 수면을 바라보다가 문득 답이 떠올랐다.

수영하고 싶지 않은데도, 수영해버리고 만다.

고의가 아니라 과실로 수영한다. 이것이라면 자기들끼리 뭉치려는 물과도 타협할 수 있다. 이제야 겨우 내가 지향해야 할 경지를 손에 넣었다.

저는 그 수면이 좋습니다.

다카하시 씨, 저는 물속에서 바라보는 수면을 아주 좋아합니다. 색도 형태도 지상과는 다르게 보이죠. 저와는 완전 반대의 감상이네요.

8

사랑의

바다

"가쓰라 코치가 진화했어요. 굉장한 진화입니다. 얼른 안 오면 못 따라갈 거예요."

수강생 중 한 명인 후지타 씨가 보내온 문자를 받고 나는 한숨을 쉬었다.

또 진화한 건가….

'수영하고 싶지 않다'라는 마음을 재확인한 나는, 그 마음을 질질 끌면서 수업을 삼 개월 쉬었다. 수강생들 사이에서는 '등교 거부아' 등으로 불리고, 가쓰라 코치도 "수업도 안 오면서 모른다고 하시면 안 돼요"라고 선언했다. 그래서 상황을 살피려고 수강생들에게 전화해서 "어떻게 진화했나요?"라고 물어보았는데, "…어떻다고 잘 설명을 못 하겠어요", "뭔지 모르겠지만, 정말 좋았어요" 같은 대답뿐이라 해결되지 않았다. 가쓰라 코치의 진화는 이론이 통하지 않는다. 말로는 재현할 수 없고, 직접

8 사랑의 바다

코치의 기운을 느껴야 한다.

　삼 개월이나 쉬면 '수영하기 싫어서 수영을 못한다'는 원점으로 돌아갔을 가능성도 있어서 사전에 물속에서 세심히 준비해야겠다는 생각에 나는 서둘러 수영장으로 향했다. 그리고 '수영하기 싫은' 탓인지, 수영장 로비 입구의 단차에서 발이 걸려 넘어졌다. 본 사람이 아무도 없는 것을 확인하고 얼른 로비의 자동문까지 간다. 문이 열리자, 눈앞에 운동복 차림의 가쓰라 코치가 서 있었다.

　"계속 기다렸어요. 언제쯤 오실까 하고."

　가쓰라 코치가 눈을 가늘게 뜨고 나를 노려봤다.

　─죄송합니다.

　"저도 수영하는 건 싫습니다."

　갑자기 가쓰라 코치가 큰 소리로 말했다. 이게 바로 이심전심인가?

　─시, 싫어하시나요?

　"싫습니다. 저는 수영하고 싶은 마음도 없어요."

　가쓰라 코치는 어렸을 때부터 '수영할 수 있는 사람'이었다. 처음으로 수영한 것은 네 살 무렵. 집 근처에서 공원을 조성하기 위한 공사가 실시되고 있었다. 큰비가 내렸고, 움푹 파낸 구덩이에 물이 고여 작은 연못처럼 되었다. 가쓰라 코치는 거기에 뛰어들어, 누구의 가르침도 없이 수영했다고 한다.

　　―놀이였나요?

　"기억나지 않습니다. 단지 엄마가 그렇게 말씀해주셨어요. 엄마는 제가 물을 좋아한다고 생각한 모양인지, 그대로 근처 수영 교실에 다니게 되었어요. 제 의지가 아니라, 정신을 차리고 보니 수영 교실에 다니고 있었습니다."

　처음은 유아용 수영 교실이었지만, 이윽고 두각을 나타내어 초등학교 4학년 때 선수 육성코스로 옮긴다. 그리고 중학교 시절 기록을 계속 늘려갔고, 스포츠 추천으로 고등학교에 입학해서 400미터, 800미터 자유형 선수로 활약했다. 도쿄, 관동대회에서 1위, 올림픽 일본 대표 선발전에서도 8위 안에 들었다.

　"끊임없이 헤엄치는 나날이었습니다. 그렇게 많이 수영했으니, 기록이 잘 나오는 게 당연하죠. 기록을 못 내면 혼나고요. 저도 2위로는 기쁘지 않았고, 1위가 되면 이제 추월당하면 안 되니까, 1위라도 계속 기록을 경신해야 합니다."

8　사랑의 바다

월요일을 제외하고 매일 약 10킬로미터를 헤엄쳤다. 어린 시절부터 가쓰라 코치는 한결같이 수영을 계속해왔던 것이다.

─굉장하네요.

"재능이 있는 사람은 더 대단합니다. 하다 보면 자신의 한계도 알게 되거든요. 기록이 떨어지는 건 보고 싶지 않았어요. 그래서 그만뒀습니다."

가쓰라 코치는 고등학교 졸업과 동시에 수영을 그만두고, 전문학교에 진학했다.

"저에게 수영은 즐겁다, 즐겁지 않다의 문제가 아니었습니다. 오로지 헤엄칠 뿐이었죠. 그래서 싫습니다. 전문학교에 다니는 동안에도 '수영하고 싶다'는 생각은 들지 않았어요. 하지만 저는 살면서 수영밖에 안 했으니까, 수영을 안 하는 인생은 생각할 수 없었습니다."

결국, 가쓰라 코치는 수영장으로 돌아와서 수영 지도자가 되었다. '수영하고 싶지 않은데도, 수영해버리고 만다'는 뉘앙스로.

"저는 다른 사람을 가르치게 되고 나서 처음으로 '수영한다는 것'을 알았습니다."

처음부터 '수영할 수 있는 사람'이었던 가쓰라 코치에게는 나처럼 '수영 못하는 사람'이 신선하게 비친 모양이다. 생각해보면, '수영할 수 있다'는 감각은 '수영을 못하는' 상태가 전제되지 않으면 맛볼 수 없다.

"수영을 못하던 사람이 수영할 수 있게 되고, 그 사람이 기뻐하거나 실력이 향상되거나 예쁘게 수영하는 모습을 보면 정말 기뻐요."

그렇다 치더라도 가쓰라 코치의 수업은 너무 독특하다. 다른 수업을 살펴봤는데, 대부분 '오늘은 발차기' 등을 정해서 '발차기'만 하고, 그것을 단계적으로 쌓아나가서 '수영'을 완성시킨다. 가쓰라 코치처럼 지도 내용이 시시각각 진화하고, 조금 전에 "물을 젓지 마세요"라고 말했으면서, 지금은 "물을 저을 때는 손을…"이라고 말하는 등 모순을 초래하는 가르침은 흔치 않을 것이다.

"저는 다 같은 수영을 하게 할 생각은 없습니다."

가쓰라 코치는 단호하게 말했다. 우리는 다 같은 수영을 하는 것이 아니다.

—그럼, 어떤 것을 가르치려고 하시나요…?

"사람은 저마다 몸이 다르니까, 하나의 방법으로 모두

가 헤엄칠 수 있을 리 없습니다. 수영에 정답은 없어요. 게다가 '조금 전'과 '지금'은 다릅니다. 몸 상태도 다르고, 물결도 달라요. 다 살아 있습니다."

—살아 있으니까 가르침도 진화하는 건가요?

"여러분이 헤엄치는 것을 보고 나면, 그 모습을 따라서 헤엄쳐봅니다. 그러면 몸 어딘가가 아파요. 그건 어딘가를 무리하고 있다는 증거입니다. 그 아픔을 없애려면 어떻게 하면 좋을지, 헤엄치면서 생각합니다. 그러다 보면 문득 편해지는 방법을 발견하게 돼요."

가쓰라 코치는 이렇게 해서 '수영을 못하는' 원점으로 돌아가려고 하는 것이었다. 나와는 역방향이지만, 코치도 지나치게 잘 헤엄치는 탓에 물속에서 '생각하는 사람' 이었다.

—코치님은 물속에 있어서 기분 좋다고 생각한 적 있으세요?

내가 질문하자, 가쓰라 코치는 "글쎄요…" 하고 잠시 생각하더니, 이렇게 대답했다.

"물속에서 실컷 울 수 있을 때네요."

—물속에서 우세요?

"네. 물속에서는 아무것도 신경 쓰지 않고 울 수 있어요."

울고 싶을 때는 눈물을 밖으로 흘려보내기 위해 수경은 쓰지 않는다고 한다. 무엇이 슬픈지 물어보려고 했지만, "이제 슬슬 수업 시간이네요"라는 코치의 말에, 우리는 그대로 수영장으로 향했다.

"정면을 향하고 헤엄치세요."

여느 때와 다름없이 수업은 갑자기 시작되었다.

―정면?

어디를 보고 '정면'이라는 것일까?

"수영장 바닥을 보고 정면입니다. 얼굴, 배, 허리, 골반, 허벅지, 무릎, 발등이 전부 정면을 향하게 해주세요."

가쓰라 코치는 그렇게 말하고, 자기 몸의 각 부위를 가리켰다. 자유형으로 헤엄칠 때는 몸 앞부분이 전부 수영장 바닥에 정면으로 마주하도록 해야 한다는 것이다.

"여러분은 몸의 여러 부위가 이쪽저쪽을 향하고 있습니다. 배가 옆을 향하거나, 허벅지가 앞을 향하거나. 전부 정면을 향하게 해보세요."

물 위에 엎드려서, 우선 팔은 돌리지 않고 발차기만으

로 똑바로 정면을 향한 채 헤엄친다.

속으로 '정면, 정면, 정면' 하고 되뇌면서 나는 벽을 찼다. 그러자 이게 무슨 일인가? 물이 뭔가 미끈거려서 편하게 나아가는 것 아니겠는가. 얼굴뿐만 아니라 몸 앞부분 전체로 정면을 향하려고 하자, 점차 눈이 온몸으로 퍼져나가는 듯한 느낌이다. 배에도 눈, 무릎에도 눈, 발등에도 눈… 온몸이 '얼굴'이 되어서 마치 개복치 같다.

그렇지만 정면을 마주한 채 10미터 정도 나아가자 숨이 막혀온다. 호흡을 안 하고 있으니 당연하다. 참지 못한 나는 숨을 들이마시기 위해 얼굴을 앞으로 들었다. 몸의 다른 부분은 정면을 향하고 있어서 몸을 뒤로 젖힌 듯한 자세가 되니, 한층 더 숨이 막혀와서 저도 모르게 일어섰다.

"얼굴을 들면 가라앉습니다."

가쓰라 코치가 귓가에서 말했다.

—그게 무슨 말인가요?

"물속에 들어간 부분에는 부력이 작용하지만, 수면 위로 나온 부분에는 작용하지 않습니다. 그래서 밖으로 나온 부분만큼 가라앉는 겁니다."

실제로 해보면 잘 알 수 있다. 물 위에 엎드려서 얼굴만 들면, 그 높이만큼 부글부글 가라앉는다. 어깨도 마찬가지다. 어깨를 수면 위로 내밀고 멈추면, 부글부글 가라앉는다. 올린 만큼 가라앉는다. 물에 빠지는 사람은, 조금이라도 몸을 수면 위로 올리려고 애쓰기 때문에 빠져버리는 것이다.

"팔 외에는 수면 위로 가급적 몸을 내지 않도록 하세요."

이론은 알겠지만, 역시 팔을 돌리면 어깨가 나올 것이다.

─아무리 해도 어깨는 나오지 않나요?

"반대쪽 어깨를 가라앉히면 됩니다. 오른쪽 어깨가 나올 때는 왼쪽 어깨를 가라앉히세요."

가라앉고 싶지 않다면, 처음부터 가라앉혀두면 된다.

"그러면 이제 두 다리를 가지런히 모으고, 발을 전혀 움직이지 말고 헤엄쳐보세요."

"네에?"

"힘들어요!"

수강생들이 큰 소리로 외쳤다.

두 다리를 가지런히 모아서 하나의 막대기처럼 만들면, 뒤로 끌려가는 느낌이 들어서 앞으로 나아가는 게 둔해진다. 게다가 몸의 균형이 잡히지 않아서 어깨를 돌릴 때마다 몸이 좌우로 뒤틀려서 부등호 모양처럼 된다. 왼쪽으로 '>', 오른쪽으로 '<' 같이 몸이 꿈틀거리고 만다. 마치 물속에서 춤추는 것 같아서 나는 괴로웠다.

"이번에는 두 다리를 코스로프에 걸고 헤엄쳐주세요."

가쓰라 코치가 명령했다.

"말도 안 돼!"

"으아⋯."

전원이 레인을 따라 세로로 줄지어 서서 발등을 코스로프에 얹고 엎드린다. 발을 절대 움직이지 말라는 것이다.

마치 '물고문' 같다고 생각하면서, 우선 오른팔부터 돌린다. 그러자 수면 위로 오른팔이 올라오려는 순간, 나는 획 뒤집혀서 천장을 보게 되었다. 발은 코스로프에 걸린 채로. 공황에 빠진 나는 "어푸푸" 하고 소리 내며 양팔을 퍼덕였다. 그러고는 발을 빼면 된다는 사실을 깨닫고, 천천히 일어섰다.

뒤집힌 사람은 나뿐이었다. 하지만 오른팔을 돌리면 몸도 오른쪽으로 열리니 뒤집히는 건 당연하다. 애초에 발을 코스로프에 고정하는 게 이상하다.

"골반이 안정되어 있지 않아서 그렇게 되는 겁니다. 골

214

반은 움직이지 말고, 그대로 안정시켜 주세요."

이것이 수업의 본론이었다. 가쓰라 코치는 성큼 물에서 올라와, 풀 사이드에 섰다.

"우선 이게 기본자세입니다."

올바른 직립 자세다. 옆에서 보면 등줄기가 완만하게 에스 자를 그리고, 엉덩이는 가볍게 위를 향하고 있다.

"상반신의 체중을 등줄기가 아니라 꼬리뼈 쪽에서 받는다는 느낌입니다."

나도 물속에서 따라 해보았다. 등을 움푹하게 만들어서 엉덩이를 올리는 요령으로.

"그 상태로 제자리걸음을 해보세요."

가쓰라 코치의 시범에 따라 다들 제자리걸음을 한다.

"골반이 움직이나요?"

— 안 움직입니다.

허리에 손을 대고 제자리걸음을 하니, 골반이 움직이지 않는 것을 잘 알 수 있다.

"그렇죠? 골반이 움직이면 이렇게 됩니다."

가쓰라 코치는 몸을 앞으로 숙이고, 마치 래퍼처럼 제자리걸음을 했다.

"요즘 젊은 사람들이 저렇게 걷잖아."

후지타 씨가 속삭이자, "맞아, 맞아", "젊은 사람들은 골반을 움직이는구나", "칠칠치 못하게"라고 수강생들이 동의한다. 물이든 육지든 골반은 제대로 안정시키고 나아가야 한다.

"'헤엄치는 것'은 '걷는 것'과 같습니다. 골반은 그대로 유지할 수 있도록 해주세요. 움직일 것 같으면, 골반으로 물을 누르는 요령으로 그 상태를 유지하는 겁니다. 그럼, 그 상태로 몸을 좌우로 비틀어보세요."

트위스트를 추듯이 몸을 비틀어보자, 가쓰라 코치가 나를 가리키며 주의했다.

"다카하시 씨, 골반이 움직입니다."

―그런가요?

내 하반신을 확인하자, 확실히 마구잡이로 움직이고 있다. 오른쪽으로 비틀 때는 같이 오른쪽으로, 왼쪽으로 비틀 때는 왼쪽으로. 자세히 살펴보니, 골반뿐만 아니라 허벅지나 무릎까지 같이 돌고 있다. 팔을 돌릴 때 온몸으로 돌기 때문에 나는 뒤집히고 마는 것이다. 골반을 고정하고, 상반신만 비틀어야 한다.

"오른쪽으로 비틀 때 골반의 오른쪽을 보려고 해주세요."

몸을 비틀면서 골반의 오른쪽을 본다? 동작이 잘 이해되지 않아서, 나는 얼굴을 가까이 가져가서 골반 오른쪽을 들여다봤다.

"몸이 돌아갔습니다!"

가쓰라 코치가 소리치더니 시범을 보였다. 중심선은 그대로 둔 채 상반신을 비틀고, 목을 약간 기울여서 골반 오른쪽을 힐끗 곁눈질한다.

"이렇게 하면 오른쪽 무릎이 조금 올라가죠?"

나는 올라가지 않았지만 수강생들은 모두 올라가 있다. 어디선가 본 적 있는 자세인데, 하고 생각하다가 깨달았다. 여성들이 외출 전에 뒷모습을 확인할 때, 힐끗 뒤돌아보는 모습이다. 확실히 무릎을 굽히니 편하게 확인할 수 있다.

"이게 호흡할 때의 형태입니다."

—이게 호흡이라고요?

"네, 그렇습니다. 헤엄칠 때 골반은 보이지 않습니다. 하지만 골반을 보려고 해주세요. 어깨너머가 아니라, 겨드랑이 밑으로 골반을 보려고 하는 겁니다. 무릎을 조금 굽히고."

나는 여성들을 따라 자세를 취했다. 물속에서의 에티켓이라는 느낌으로.

"좋습니다. 이해되셨나요? 제발 아는 척하지 마시고, 모르면 모른다고 말씀하세요."

나를 응시하면서 가쓰라 코치는 말했다.

─알겠습니다.

"그러면 50, 헤엄치세요."

물속에 들어가면 아마 또 모르게 되겠지 싶어서 나는 제일 끝에 서기로 했다.

"얼른 가세요!"

가쓰라 코치가 소리치기에, 서둘러 나는 벽을 차고 나아갔다.

역시 좌우 번갈아 몸이 꿈틀거린다. 나는 육지에서도 "가만히 있지 못한다"라는 소리를 곧잘 들어왔다. 골반이 안정되지 않은 삶을 살아온 탓에, 물속에서도 이렇게 되는 것이다. 이런 반성을 하면서 앞으로 나아가는데, 실로 이상한 일이 일어났다.

인체 모형 같은 골반 이미지가 머리에 떠오른 것이다.

설령 일부라고 해도, 제 몸의 이미지가 보인 것은 이번이 처음이었다. 생각해보면, 팔, 어깨, 다리와 같은 몸의 다른 부분은 항상 움직이고 있어서 그 모습을 상상할 수 없다. 골반만큼은 '그대로' 고정되어 있기 때문에 안정적으로 상이 맺히는 것이다.

  골반이 떠 있다.

  일렁일렁 수면 근처에서 흔들린다. 골반에는 커다란 구멍이 두 개 뚫려 있고, 그게 눈처럼 보이기도 한다. 이것을 안정시키면 되는구나 생각하고, 그 모습을 응시하면서 나는 나아갔다.

  안정된 골반이 자궁을 지탱하고, 한때 나는 그곳에서 헤엄치고 있었다. 즉 이것은 '수영하는 사람'의 원초적 풍경이자 고향의 정경이다. 구체적인 기억이 있는 것은 아니지만, 무언가를 떠올릴 수 있을 듯한 기분이 들었다. 추억의 흔적이라고 해야 할까. 그리고 손가락에 무언가 닿기에 뭔가 했더니, 반대편에 도달해 있었다.

  ─골반이 보였습니다!

  나는 나도 모르게 가쓰라 코치에게 보고했다.

  "잘됐네요!"

8 사랑의 바다

가쓰라 코치가 웃으면서 박수를 쳐준다.

내가 수영했다기보다 골반이 나를 이끌어준 것이었다.

이 감각을 잊기 전에 우리는 서둘러 풀에서 나와 옆에 있는 에어로빅 스튜디오로 이동했다. 육지에서 골반을 재확인하기 위해서였다. 바닥에는 길이 2미터의 매트가 몇 장이나 깔려 있었다.

"여기서 헤엄쳐보세요."

가쓰라 코치가 엄격한 말투로 말했다.

—매트 위에서 말입니까?

"그렇습니다."

각자 매트 위에 엎드린다.

"그 상태로 엉덩이를 위로 올리세요."

가쓰라 코치가 자벌레 같은 형태가 되었다. 따라 하려고 했지만, 매트 마찰 때문에 좀처럼 올라가지 않는다.

"다카하시 씨, 전혀 안 올라갔어요. 좀 더 올라갈 겁니다."

나는 온몸으로 매트에 힘을 주고 엉덩이를 밀어 올렸다. 네가 이기나 내가 이기나 해보자는 듯이.

"잘하셨어요. 그러면 이번에는 오른쪽 엉덩이만 올려 보세요."

한쪽만 올리려면 온 힘을 다 주면 안 된다. 이런 식으로 하면 되나 생각하면서 천천히 올렸다.

"좀 더 올리세요!"

애석하게도 올라가는 게 굼떠서, 나는 오른팔과 오른쪽 무릎에 힘을 주고, 그 사이에 끼이듯이 엉덩이를 올리려고 했다.

"그게 아닙니다!"

가쓰라 코치가 소리친다.

─어디가 잘못됐나요?

"팔과 무릎이 아니라, 오른쪽 엉덩이를 움츠리듯이 올리는 겁니다."

어디까지나 엉덩이 힘만으로 올려야 한다. 확 움츠리는 요령으로 힘을 넣자, 아주 미세하게 엉덩이가 올라갔다.

"그렇게 되면, 팔이 뒤로 잡아당겨지는 느낌이 드시죠?"

확실히 그런 느낌이 든다. 아까와는 반대로, 오른쪽 엉덩이를 올리자 오른팔과 오른쪽 무릎이 당긴다.

"그대로 오른팔을 돌리면 됩니다. 돌린 다음 원래대로

되돌리세요. 그리고 이번에는 반대쪽. 왼쪽 엉덩이를 올리고, 잡아당기면 오른팔을 돌렸다가 다시 제자리로. 이게 수영입니다. 자, 그러면 매트 끝까지 헤엄쳐주세요."

그렇게 말하고 가쓰라 코치는 매트를 세로로 두 개 늘어놓았다. 4미터를 헤엄치라는 말이다.

"다카하시 씨, 가세요."

뭐든지 레인처럼 되면 나는 마음이 조급해진다. 얼른 나아가야지 하는 마음이 앞서서, 나도 모르게 팔에 힘을 넣어버린다. 자위대의 포복 전진처럼 나는 나아갔다.

"엉덩이부터입니다!"

가쓰라 코치가 소리친다. 조바심을 내면 안 된다. 한 번 더 복습하자.

1. 오른쪽 엉덩이를 올린다.
2. 오른팔이 당기니까, 그대로 뒤로 가져온다.

이때, 오른쪽 엉덩이를 힐끗 보면, 그게 바로 호흡의 형태다. 그리고 등을 조금씩 비틀면서 오른팔을 앞으로 돌리고 엉덩이를 원래대로 되돌린다. 그러면 오른손은 왼손보다 2센티미터 정도 앞에 착지한다. 옆구리가 늘어난 만큼이다. 이어서 왼쪽 엉덩이를 올린다…. 모든 건 엉덩이부터 시작하는 것이 중요하다. 그렇다 치더라도 어찌나 지지부진하게 나아가던지, 나는 4미터를 다 헤엄치는 데 오 분이나 걸렸다.

"육지는 몸이 무거워서 힘드시죠?"

가쓰라 코치가 나를 내려다보며 말했다.

—힘듭니다.

"그래서 물속에서 헤엄치는 겁니다."

물속에서는 '골반을 움직이지 않고 안정시킨다'는 말이었다. 언뜻 보기에 모순된 것 같지만, 육지와 물속은 조건이 다르다. 육상은 바닥이 딱딱해서 엉덩이가 높이 올라가지만, 일정한 형태가 없는 물속에서는 엉덩이를 올리는 몸짓을 하면 허벅지가 물을 누르듯 아래로 움직인다. 이것을 바로 킥이라고 한다. 즉 물속에서 엉덩이를 올리면, 엉덩이는 올라가지 않고 다리가 내려간다. 그 결과, 앞으로 나가면서도 골반이 안정된다.

"그러면 그대로 풀에서 헤엄쳐보세요."

나는 다시 풀로 돌아갔다.

수면은 변함없이 일렁이고 있다. 중력을 실컷 맛본 탓인지, 나는 물에 이끌리는 느낌이 들었다.

물에 들어가자 나는 가벼워졌다. 벽을 차고 나아간다. 그리고 일렁이는 물의 적당한 부드러움을 만끽했다. 깊이 가라앉는 것이 아니라, 포근하게 감싸이는 것 같다.

어쨌거나 일단은 엉덩이, 이것만 속으로 되뇌는 사이에 나는 50미터를 가볍게 완주했다.

"해내셨죠?"

─해냈습니다!

기쁨에 휩싸인 나는 가쓰라 코치에게 말했다. 오늘 수업은 골반이 고정되지 않는 나의 서툰 수영을 보고 코치가 고안해낸 진화인 게 분명했다.

"다음은 자세입니다."

─자세요?

이제 다 해냈다고 생각했는데. 또다시 원점으로 돌아가는 건가….

"다카하시 씨는 자기 자신밖에 보고 있지 않습니다. 어깨는 어떤지, 골반은 어떤지, 자신이 제대로 헤엄치고 있는지밖에 생각 안 하시죠?"

─…네.

"요컨대 자기 생각밖에 안 하는 겁니다."

육지에서도 줄곧 그랬다. 나는 내 안에 있는 풀을 헤엄
치려고 했던 것일지도 모른다.

"자기만 생각하고 있으면, 자세가 앞으로 구부정해집
니다. 등이 굽어져요. 좀 더 풀 전체를 보세요."

등을 쭉 펴고 수영장을 바라보는 것이다. 코치를 따라
가슴을 펴고 물속에 서자, 거리감 탓인지 풀이 작아 보였
다. 보기에 따라서는 커다란 세면기라고 할 수 있겠다.

"수영에 정답은 없습니다. 그러니까 물속에서는 허세
를 부려도 괜찮습니다. 그 예쁜 수영을 과시하시면 돼요."

─저, 예쁜가요?

"예쁩니다."

가쓰라 코치가 나를 바라봤다. 밀려오는 부끄러움을
참으며 나는 말했다.

─사실 아까 도쿠오카 씨의 수영을 봤을 때, 혹시 제가
더 예쁘지 않을까 하는 생각이 들었습니다. 수영이 뭔가
딱딱하다고 해야 하나…?

"도쿠오카 씨보다 예쁩니다."

—정말입니까?

나는 저도 모르게 환호성을 질렀다.

"정말입니다."

—감사합니다.

"…보세요, 남과 비교하니까 의욕이 생기시죠? 우월감
이 솟아나셨죠? 그러면 된 겁니다."

수영장은 화려한 무대다. 레인은 속도가 아니라 아름
다움을 경연하기 위해 존재한다.

며칠 후, 나는 처남을 이끌고 요코하마 국제 수영장으
로 갔다. 일찍이 수영을 가르쳐준 처남에게 빨리 자랑하
고 싶었기 때문이다.

—내 수영 잘 봐.

나는 그렇게 말하고 벽을 찼다. 평소의 풀과 달리 수온
이 낮다. 차갑다고 생각해서 그런지 몸이 움츠러들고, 마
음도 오그라들어서 수영이 잘 안 된다. 숨이 끊어질 듯한
상태로 간신히 50미터를 완주했다.

—미안한데, 한 번 더 해도 될까?

골반을 잊고 있었다. '골반, 골반, 골반'이라고 속으로

되뇌면서 머릿속에 골반을 불러일으킨다. 그리고 그에 이끌리듯이 천천히 팔을 돌린다. '좋아, 좋아' 하고 물속에서 히죽거리며, 나는 제자리로 되돌아왔다.

처남이 놀란 표정으로 나를 본다.

"…뭔가 다르네요. 뭐랄까, 전혀 지치는 느낌이 없어요."

—자네가 수영해봐.

내가 재촉하자, 처남은 세찬 물보라를 일으키며 헤엄쳤다. 작은 분수가 풀 안을 돌아다니는 것 같다. 풀 사이드에 다다른 처남이 중얼거렸다.

"저는 힘을 주네요. 너무 힘주고 있어요."

이언 소프를 닮은 내 수영에 압도되어, 분명 그렇게 자성한 것이다. 겸허하고 착한 녀석이라고 생각한 나는 그 자리에서 "헤엄치려고 애쓰지 않는 편이 좋아"라고 조언했다.

"저기, 죄송한데, 먼저 가주실 수 있을까요?"

오른쪽 옆에 있던 초로의 아저씨가 소심한 목소리로 내게 말을 걸었다. 보아하니 아저씨의 수영은 좌우 균형이 맞지 않고, 호흡도 어색하다.

—그래도 될까요?

8 사랑의 바다

"네, 부탁드립니다. 먼저 가주시는 편이 저도 마음이 편해서요."

그건 곤란하다고 나는 생각했다. 수영을 뽐내기 위해서는, 아저씨를 먼저 가게 한 다음 뒤에서 앞지르는 게 가장 효과적이기 때문이다. 어쨌거나 풀 사이드에 돌아가면 아저씨에게 "어떻게 하면 그렇게 예쁘게 수영할 수 있나요?"라는 질문을 받을 터. 그때, "그 정도는 아닙니다"라고 대답하고 뭐부터 알려줄지 생각하면서, 나는 천천히 벽을 찼다.

앞으로는 열심히 수영하는 것뿐.

다카하시 씨, 제가 수영할 때 운 적이 있다고 말씀드렸는데, 소리칠 때도 있어요. 학생 때는 "재수 없어, ○×!"라고 수영부 코치를 욕하면서 종종 수영했어요. 지금도 이따금 울거나 소리치거나 추억을 떠올리고 웃으면서 수영한답니다.

다카하시 씨는 자주 수업을 빠지셨는데, 저도 수영하는 건 싫어합니다. 단지, 수영을 가르치는 일이 좋을 뿐이에요. 수영장에서는 맨얼굴에 수영복밖에 입고 있지 않지만, 수강생들이 제게 하는 한 마디 한 마디가 저를 꾸며준다고 느끼고 있어요.

마지막으로, 앞으로는 자신감을 갖고 열심히 수영해주세요. 당신은 이제 '수영할 수 있는 사람'이니까요.

후기

이 책은 약 이 년에 걸쳐 도쿄 미나미아오야마에 있는 리비에라 스포츠클럽의 수영 강습에 다닌 기록입니다.

수영 취재에서 힘든 것은, 메모를 할 수 없다는 점이었습니다. 노트나 펜을 들고 물속에 들어갈 수는 없습니다. 처음에는 수업 내용을 재현할 생각으로 임했습니다만, 애초에 저는 물이 무서워서 취재할 여유가 없었습니다. 매번 풀에서 올라오면 의자에 앉아 마음을 진정시키고 나서 그날 수업 내용을 노트에 기록했습니다. 가쓰라 코치가 이렇게 말했다, 그러고 나서 저렇게도 말했다고. 그런데 써내려가는 사이에, 물속에서 정신이 없었던 탓인지 이야기의 앞뒤가 맞지 않는 겁니다. 앞뒤가 맞지 않으면 틀린 기분이 듭니다. 기억이 잘못됐을 수도 있으니 몇 번이나 수업을 다시 떠올리고, 몸동작을 복습하고, 제대로 정리되고 나서 다시 수업에 가야지 하고 주저하는 사이에 시일이 지나고 말아서, 결국 저는 걸핏하면 쉬는 수강생이 되었습니다.

　가쓰라 코치에 의하면, 저는 금방 "네, 알겠습니다"라고 대답하고, 한동안 쉬고 나서 "지난번에 하신 말씀 말인데요…"라고 수개월 전 이야기를 되풀이했다고 합니다. 가쓰라 코치는 "모르면, 모른다고 하세요!"라고 일일이 확인했지만, 왠지 저는 "알겠습니다"라고 대답해버립니다. 거짓말을 하는 건 아닙니다. "알겠습니다"라는 말이 무심코 입에서 나와버리는 것입니다.

　물속에서 이윽고 저는 깨달았습니다. 일상적으로 사

용하는 "알겠습니다"라는 표현은 "이해했다"가 아니라, "이제 좀 봐주세요"라는 의미입니다. 그리고 "앞뒤를 맞춘다"는 것은 "변명을 성립시키겠다"는 것이나 다름없습니다. 육지를 지배하는 이러한 키워드에서 해방되는 것이 바로 '수영'한다는 것이었습니다. "물에 흘려보낸다"는 것이 바로 이런 것일 테지요.

끈기 있게 지도해주신 다카하시 가쓰라 코치님께 감사드립니다. 그리고 수업을 함께 들으며 늘 저를 격려해주신 수강생분들, 제 마음을 이해한다며 위로해주셨던 리비에라 스포츠클럽의 직원분들, 일본 영법을 알려주신 모리야 노부코 씨께 이 자리를 빌려 인사를 올립니다.

정말로 감사했습니다.

저는 아직도 샤워 물줄기가 얼굴로 향하면 숨을 참는 버릇을 버리지 못했습니다. 이쪽에서 간다면 모를까, 저쪽에서 오면 여전히 물이 무섭습니다. 하지만 그래도 수영할 수 있습니다. 무서워도 수영할 수 있습니다. 친해지려고 하지 않아도 물은 수영하게 허락해줍니다. 수영을 못하는 여러분도 그렇게 믿고, 이번 기회에 꼭 가까운 수영장에 나가보시기를 바랍니다.

다카하시 히데미네

옮긴이 **허하나**

경희대학교 일본어학과를 졸업하고 번역가로 활동 중이다.
옮긴 책으로 《무리》, 《달빛 수영》, 《할머니와 나의 3천 엔》, 《교도관의 눈》이 있다.

네, 수영 못합니다

1판 1쇄 발행 2023년 7월 28일

지은이 다카하시 히데미네 | 옮긴이 허하나
펴낸이 윤혜준 | 편집장 구본근 | 디자인 오필민디자인
펴낸곳 도서출판 폭스코너 | 출판등록 제2018-000115호(2015년 3월 11일)
주소 서울시 마포구 대흥로 6길 23 3층(우 04162)
전화 02-3291-3397 | 팩스 02-3291-3338 | 이메일 foxcorner15@naver.com
페이스북 /foxcorner15 | 인스타그램 /foxcorner15
종이 일문지업(주) | 인쇄·제본 수이북스
한국어 출판권ⓒ도서출판 폭스코너, 2023   ISBN 979-11-93034-05-7 03830